朱英誕著・朱綺編

風滿樓詩

朱英誕舊體詩集

詩人朱英誕誕辰一百周年紀念

（一九一三至一九八三）

左上：詩人朱英誕（1913－1983）
右上：青年時代的朱英誕
左下：中年時期的朱英誕
右下：晚年時期的朱英誕

上：作者手稿

下：江蘇如皋朱家堡一隅

序

　　朱英誕先生是三〇年代的新詩人。那是一個新詩蓬勃發展的時代，他接受了五四精神的洗禮，在學生時期一九二八年即開始寫第一首新詩，一九三二年大量寫詩並隨時發表，一九三四年開始結集，一九三五年出版《無題之秋》，林庚老師為之寫序，一九三六年又完成《小園集》，廢名老師寫序並先行發表。以後每年都完成一、二集詩稿，但因盧溝橋事變爆發，作品沒有再出版。然而，詩人沉浸在詩歌的海洋裡，除教課外，一面研究中外詩歌，一面致力於新詩創作，大量讀書和默默寫作便是他的全部生活。直到一九八三年的春天，還寫了最後的兩首詩，一為〈掃雪〉，一為〈飛花〉。終生完成了近三十集、約三千多首新詩。詩人逝世後，《冬葉冬花集》出版，成為永久的紀念。

　　這一本《風滿樓詩》，是英誕的舊體詩選。為什麼到老年又作起舊詩來？說來恐怕是一段機緣了。他在五十歲後，身體多病，只能離開講臺。一九五八年，北京市教育局請他帶領部分教師到故宮博物院整理明清檔案，地點就在故宮南三所，那裡古木參天，環境幽靜，雖然每日與塵封的歷史檔案為伍，但是心情很舒暢，閒暇時不由得彼此唱和起來，實在是工作後的消遣而已。英誕自幼受家學影響，古典文學造詣頗深，因此他的舊體詩中，格律音韻十分講究，典故軼事俯拾可得，就是底蘊深厚的緣故吧。

「詩言志，歌詠言。」大者抒發愛國之情、報國之志；小則感事詠懷，追憶哀悼篇什，皆為抒情達意之作。英誕的每首詩都因有自己的獨特感受而作，情景交融，意境深遠，想像豐富多彩，寓意生動深刻，這是與他的詩情濃重分不開的。即使是平凡的生活，自然的場景，親朋的交往，都能成為他詩歌的素材，這難道不是詩情濃重的結果嗎？

願這一小冊舊體詩，成為他生活另一側面的記載，為那些同時代的人留作一段美好的回憶吧！

陳萃芬　於北京西城富國里

自序

朱英誕

　　風滿樓者，神樓而已。或以為是取許丁卯「山雨欲來風滿樓」，這句詩的運道很好，大約在一九三六年就在上海傳誦著了，可以說整整貫穿了近四十年，或許有希望到半個世紀之久吧？不過我取以為名，意思卻沒有那麼高古。自然也沒有那麼時興。家君有句云：「機杼聲中風滿樓」，這乃是我的室名和書名的來源。

　　不高古，尤在於詩，集中全是近體，沒有古風。因為我並不會做舊詩。

　　我少時讀唐宋人近體，能作吟謳；亦習而為之而不成。午事既秋，始重復稍稍命筆。戊戌之秋，於故宮博物院明清檔案館，偶有唱和，始留稿。辛丑、壬寅間，常在溫泉小住，乃多為詩。丙午既過，丁未病中，時復哀吟，得已而不但不已，且下筆不能自休矣。然戊戌至丙午十年間，所寫雜詩不足二百首，遠愧西亞魯拜在編，近羨西藏諧夜之什，蒙密桑下，成此，所謂「短歌微吟不能長」是也。丙午焚書，資料盡失，此賴陳腐，得以不燬。偶繕寫之，以為客至談笑之資，並略及其始末如此。

　　雜詩原兩卷，最初，偶有所得，以七絕為主，略書瑣事，期以自娛而已。其弊在於，跡近雜事詩。續編則多戲筆，又以七律為多，稍存典實，意在競技。其弊得無為玩世之變態歟？丙丁既過，

度可得浮生之閒，仍擬效法前修，藉贖前愆焉。實則蓋寫新詩之餘波也。偶志之，以俟時日。

目次

甲稿　一九五八年至一九八七年

戊戌（一九五八年）

除草　聞鷹鳴口占

秋來苜蓿上階生　是草當除不記名
紫禁城中翻故紙　天高日麗聽鷹鳴

注：戊戌之秋，在明清檔案館，予率衆約卅人整理清史奏摺，館址借用故宮博物院南
　　三所，即清史儲宮是也。林間鷹鳴可聽，然殊特嬌柔清脆，往昔為北地父老養鳥
　　者所心喜，每來院中，以得聞鷹鳴為幸事。有自讀方來者，善以訓鳥云。我輩則
　　初不辨何聲，唯聞聲在樹間耳。一旦為黃小同發覺，因成口號。小同舊日同事，
　　黃炎培氏之嬌女。

謝黃小同贈藏磚

再四摩娑勝嬌女　茶磚勝似好茶坑
旗槍灂望茶歌苦　休按泛香浮白聲

注：唐人以茶為小女美稱，元好問詩云：牙牙嬌女總堪誇，學會新詩似小牙。
　　茶坑，在廣東恩平縣南，產石，可為硯，發墨勝端石。
　　小同贈墨一軸，盒作畫軸形，旋贈故宮博物院，因又贈磚一方。予酷喜採茶之
　　歌，因草此。
　　茶色以白為貴。辛稼軒詞，茗椀泛香白。

謝友人贈懸崖菊　二首

一

龍牽駿烈不勝垂　馬掌須澆一掬宜
嘖嘖懸崖名物好　和陶豈必醉東籬

二

奇香產自海東頭　欲賭身輕不自由
記取三唐須勒馬　人間哪得酒消憂

注：吳梅邨詞：摘花高處賭身輕。懸崖菊，日本產。盧溝橋事變前予擬東渡學印刷
　　術，未果，嘗以為生平憾事。然日人喜飲酒而多酗，甚可厭。頃聞軍國主義復
　　興，為之不歡累日。

故宮博物院文華殿觀倪雲林畫展

幽篁疏淡石枯乾　獨樹能奇屋半殘
拈出東坡婉約語　人間美好出艱難

注：予不善豪放，亦厭聞東坡豪放之說，坊間文史淺訓，每以蘇辛並稱，尤覺鄙陋。
　　嘗舉「古語多妙寄，可識不可誇」之句為證，斥語門人某。又和陶詩有云：「人
　　間無正味，美好出艱難」，豪放之徒哪能有此。
　　於畫，則頗喜枯淡一派（案，法國明確有此標舉）。以為詩中缺少之境。倪雲林
　　枯木竹石，韻味不匱，艱難又化為雲煙矣。雲林詩文不知何故殊多惡趣，去畫何

止萬里，集中唯〈謝仲野詩序〉一文，其致高逸，又過其畫，此中消息，殆難明言。案，艱難字，用得最多、又最好的是杜甫。杜甫無論矣。出自飽食惠州飯之東坡居士，其故可不深思耶。讀〈謝仲野詩序〉勝讀文學史百部。

採枸杞

　　紅豆秋來發幾枝　　烏啼未了北風吹
　　鄉關萬里人何似　　好是歌詩莫譜詞

注：醫家言，離家萬里，不食枸杞。

故宮博物院南三所棗樹多株殊弱小然猶得撲棗

　　著書不為稻糧謀　　照拂難言且唱酬
　　記得新秋分棗日　　道旁苦李不禁愁

注：於明清檔案館整理故紙，境幽多暇，時與老人張某唱和。張髯嘗用朱墨批點予詠懸崖菊絕句，云有古大臣之風，予哂而不納。夫古之臣再大，可使中日友好乎？

雜詩　二首

一

雨雨風風有癡聾　匏瓜考證是星宮
莫愁兵馬多疾病　且唱清溪休洗紅

二

匏瓜攀上葡萄架　彷彿提壺掛遠松
舉世俱愁洗兵馬　天寒欲雪一杯同

編注：匏瓜，俗稱葫蘆，然又是星名。史記天官書：匏瓜，有青黑星守之。索隱：匏
瓜，一名天雞，在河鼓東。曹植洛神賦：歎匏瓜之無匹兮，詠牽牛之獨處。
匏，讀如袍。

病後

藥裹光陰病亦驪　金鼇好釣待虹竿
三更一樹銀輝雨　夢破便當曉色看

注：陸游詩：虹竿秋月鉤，巨鼇倘可求，予少時酷喜之。詩意本海上釣鼇客之以虹蜺
為絲、明月為鉤也。劍南詩句至今不忘，四語均係予少年時事。

閒眺玉泉山

飛瀑無盡望無聲　　裂帛湖邊誇父耕
塔影依稀山色好　　斜陽古柳暗歸程

注：癸末海澱村居，每終日獨對玉泉，村巷一古柳，黃昏時景物最為可愛，夕陽西
　　下，樹影濃密，輒徘徊不忍離去。玉泉之塔影，遠望頻覺神秘，然殊無恐怖，故
　　可愛。

海澱村居雜詩　俳諧

田間驅鳥喝成歌　　笑語燈明鬼趣多
聞道詩情如夜鵲　　此間無樹又如何

注：癸末夏，予避處海澱。村居庭屋寬敞，蓋是燕大教師舊居，院川略無草木，燈籠
　　樹一株，殊弱小，且瀕於枯死矣。李易安詩，詩情如夜鵲，三匝未能安，雙關慨
　　歎之句本此。家屋座落於高坡，巷名冰窖，在燕南園南門外，屋外即大地，每黃
　　昏，夕陽西下，獨立巷口古柳下，與玉泉山上塔影遙遙相對，輒凝目久之。入夜
　　淒涼特甚，山妻幼女苦之。田間紮稻草人，掛紅布條，驅野鳥之物，夜深時有吆
　　喝聲，其音曼長，動魄驚心，婦孺乃以為即此是鬼物之夜哭也，偶書一絕以嘲
　　之。然秋風一起，仍遭醫囑，重複遷入城中矣。
編注：俳諧，戲謔取笑的言辭。俳，音排，詼諧、滑稽，亦指雜戲、滑稽劇。舊詩
　　文，凡內容以遊戲取笑為主的，稱為俳諧體。

謝友人贈石屏蓋是阮芸台贈程春海故物

群山暖翠梨雲暗　漠漠羊腸路不分
我欲從之談寂寂　晚來初雪夢初成

注：屏上圖紋為天然景物，題曰：「梨雲詩夢」，文曰：「王建詩云，落落漠漠路不
分，夢中喚作梨花雲，此石山成暖翠、路暗梨雲，春海司徒，家在梨村，因以奉
貽。芸台。」案，王建詩今集中不載，晏元獻類要引之，見墨莊漫錄。

編注：阮芸台，即阮元，清代學者、文學家，字伯元，號芸台，江蘇儀徵人。乾隆間
進士選翰林院庶吉士、編修；嘉慶時先後任湖廣、兩廣、雲貴總督。

己亥（一九五九年）

國子監古柏下

辟雍屋繞流行水　五級風吹古柏頻
日短天寒歌六出　爐邊夜雨夢如雲

注：予率衆於北京大學、圖書館等處整理北京地方文獻資料畢，回國子監古柏下西耳
　　房中，偶寫此。

庚子（一九六〇年）

溫泉小住村口望晚霞贈杏岩老人 二首

一

天高猶憶落花時　枯草植筆寫兩枝
此處太行留餘脈　晚山如笑復如癡

二

太行餘脈向秋時　處處霜紅難折枝
山色如雲日三變　直須吟畫莫吟詩

注：杏岩老人與齊白石相從有年，嘗於美術學院以不講畫而大談詩獲罪，因戲之。
編注：杏岩老人，即王森然先生，現代學者、畫家，名樾，字杏岩，一字森然。拜齊
　　　白石門下，任教於北平藝專、京華美院等。解放後任中央美術學院教授。有
　　　《文學新論》等多種專著。係朱英誕先生好友。

悼梅蘭芳　二首

一

載酒田間陳禮樂　千秋一曲鳳還巢
而今實驗科學好　銀幕清於枕上鄲

注：後漢王丹傳：載酒田間侯勤者，勞之禮樂。

二

朝野聲高銀幕好　家家歌哭欲留人
萬方儀態爭傳誦　一樹梅花天下春

注：香凝老人畫梅，亦贈梅畹華省。

辛丑（一九六一年）

催妝

春來山色明毛羽　　日下雞雛暖又黃
哪得夢中傳采筆　　小詩權且當催妝

注：杏岩擬命其高弟某為予詩稿構畫百圖，寫此催之。鄙意只小幅木版畫即可，否則
　　愧不敢當也。

野園小住

高秋鬱彼名迎客　　小住何須塔下吟
素即染緇辭沐浴　　水流雲在一登臨

注：辛丑冬與杏岩作客溫泉，同窗共硯，有書齋而無庭園，入門仍是山野也，予戲呼
　　之曰野園。園在小山之麓，小山之上有塔，瑩潔如玉，曰灤州起義之塔。塔之前
　　有松，古而小，可遠觀，俗呼為迎客松。松與塔與塔之丘之西，又有小丘，實則
　　一臥石高峰，四擘窠大字曰「水流雲在」，怪麗如雲，當窗日對，不覺寂寞之盡
　　消。塔與松與石之丘之西，平疇無際，群山環繞，太行餘脈也，鷲峰則遠望乃神
　　似，然未嘗涉足也。
編注：擘窠，原指刻印時分格，以便勻稱，後通稱大字為擘窠書，讀如簸顆。

溫泉講學歸來道中作　俳諧

北國亦自有溫泉　楊柳青青白日寒
我是幽州病居士　不辭辛苦辣酸鹹

注：梅花草堂筆談末附〈病居士傳〉一篇，絕妙資料也，以是常憶及之。

壬寅（一九六二年）

偶閱沃爾夫說部用破睡魔閱罷殊覺快意

夢裡餘習觀鼠跡　一燈明滅未成詩
南天紅豆難攀摘　此日綺窗把一枝

注：沃爾夫著狒拉西，記勃郎寧夫婦情好，頗具奇趣。此本曰《到燈塔去》，短篇三
　　章，謝慶堯譯，文章之美，靈肉一致，極耐尋味。時與契可夫《壞孩子》等奇聞
　　並讀，深覺我國未闢之境正多，文士學者不可不虛懷若谷也。

謝杏岩老人贈松石綬帶圖

一枝畸重留紅鳥　半樹支離蔭白碕
待得他年風雪裡　天寒日暮療僧饑

注：圖蓋為予五十自壽作。

壬寅浴佛後二日五十自慶　二首

一

四十九年吟落葉　春來又是水風涼
種魚撫女平生志　說道傳經三徑荒
海內閒田無多少　窗前明月盡微茫
未凋綠髮從人羨　頗覺維摩示意長

注：予年方過四十即退休林下，其後自甲午迄今又十年間，時在病中，覺「病有病
福」，俄羅斯之古諺語與佛說俱感親切也。予心強，故髮全黑，惟鬚白二三莖，
尚須細求。

二

暮春三月莫吟詩　知命知非何所知
閉目兒嬉游昨日　縱觀世事著殘棋
文章大塊今諷刺　白雪陽春古解頤
兒女燈前頻錯喚　無須案答我為誰

注：予女三男二，每呼之，常至第五次始確，兒輩爭笑之，殊可笑也。梭羅古柏有
「我是誰」，兒童文學神品也。

赴溫泉講學歸來道上聞蟬

風花漸暖聽蟬鳴　　柳暗連邨獨婦耕
豈有抗疏驚海內　　空為解說愧生平
窺園不廢琴書樂　　乘輶真吁舴艋輕
几淨窗明聞更好　　歸來一樹碧無情

喜翼新小妹歸來

春風吹柳柳成絲　　柳髮飄搖逸馬嘶
避世每登樓上望　　歸來恰是掩扉時

注：小妹嘗習音樂、美術、俄語各專業，間從予學詩而未成。以天真無知獲罪，約四
　　年不見矣。今年九月末一日午夜，突呼兄逕入門云：歸來矣。相對如夢，哀樂無
　　端，草草口占一絕，時一九六二年。
編注：朱英誕曰小妹者，名楊翼新，吾輩呼為胖姑姑，係祖父母友人之女。

嘲杏岩子忱

碧玉裝成紗復紗　　任渠綺麗醉流霞
儒俠兩犯應相忘　　且聽春潮捲裡娃

注：美國現代詩人勞倫斯於今之青年以愛情為酒漿，深致不滿，每歎為見道知言，無
　　頭巾氣，尤可欽敬。然在中國目前勿寧放任為相宜。惟西儒之出自詩家，又不可
　　不知耳。

壬寅歲暮回暖

明日緣女生朝，緣日

又是春風拂柳條　風中啼鳥左思嬌
贊閒習嬾終儒緩　萬紫千紅不待邀

注：羅素有《贊閒》一書，予拜讀甚晚，見有所同，覺全可喜。至於基夫特，則全然
　　不曉。習嬾，嘗用題齋，後廢。蓋二字是畫家典也。
編注：緣女，即朱緣，朱英誕之幼女。因生於「臘八」日而名。

癸卯（一九六三年）

癸卯立春戲作

少愛秋山好　歸來每日沉
獨青驚紫塞　初白憶童心
海外看雲起　風中聞鳥吟
西施憑過眼　紅酒不堪斟

注：壬寅作五十自慶詩後，遇親友四五十許人，均覺兒時如昨，蓋初老心境如此，過
　　此恐未必然，尚未領略真老寂寞之情也。

憶苦雨老人

獨立金枝嘲鳳凰　不關世事愛文章
老人忘我驚人老　苦雨齋中聽白楊

注：壬寅秋冬之際，琦翔往訪老人，云老人聞予已五旬，不覺失笑曰：他也有五十
　　了。追憶初至苦雨齋，在庚辰年，時予二十七歲，橫幅「苦雨齋」三字懸西山牆
　　上，為沈尹默書，雨氣淋漓，誠墨寶也。予訪謁時，正當秋雨沉沉，白楊高大，
　　猶於風中作響也。老人於拙文最加愛賞，嘗坐汽車中閱予談茶文，深致讚歎。沈
　　啓无云，又指予詠菊詩，以為圓至過於先輩。馮廢名云，白楊俗呼鬼拍手，老人
　　曾為予寫漁洋題聊齋志異詩，故於斯不排斥此種民俗學的好資料也。又予為文曰
　　「苦雨齋中」，比擬老人為象，為眼小也，乃為薄夫所箋，聞老人頗不悅意。然
　　該文為他人攫去發表（予之詩文多為人發表者），刊出後，迄未得見，今則益不

能記憶矣，惟其中引用採薇歌，殆反戰歟？琦翔云，老人三十萬字之回憶錄已脫稿，可望寄至香港出版。

編注：琦翔，即張琦翔。朱英誕之友人，昔日北大學生。

說夢　俳諧

少游醉臥古藤下　說夢豈容醉若泥
指點虛無無限好　可憐南北即東西

注：予少時作序文，引少游好事近，醉臥古藤蔭下，了不知南北，而曰：南北者即東西也，以俳詭為廢公所歡賞，以為富有文體之美。實則少年好事，本不文耳。此日憶之，已如說古，別是一種滋味。

偶然　有序

昔有友人新婚前夕，清理什物，多所割捨，以「梨雲詩夢」石屏一方見贈，蓋是阮芸台贈程春海故物，甚可喜，因草「詩夢庵記」小文並詩，以志一時欣遇。癸卯二月杏岩老人來小坐，斷為阮官昆明時所得者，時琦翔在座。異日琦翔抄送阮氏長聯一紙，有關滇池風物，幽齋岑寂，頓形熱鬧。重陽繫以小詩。

五百里滇池頑石　蘗經堂裡選山娟
偶然識得程春海　不料偶然又偶然

注：予知有錢籜石、程春海，均自翻閱清末宋詩運動史料而來，雖涉獵，要是偶然事也。然予齋名「詩夢」實本此。新人物不知，便以為由愛爾蘭夏芝而來，其實並沒有那麼新。因並識之。

編注：蘗經堂，阮元齋名，撰有《蘗經室集》。蘗，通研。

甲辰（一九六四年）

自題劇本《吹角連營》

故事新編青兕圖　　鷓鴣天曲上紅氍
華年突騎非虛度　　千載詞人豈漫呼

注：王鵬運，校刊稼軒詞成，率成三絕句於後。其二云：多少江湖憂樂意，漫呼青兕
　　作詞人。
編注：兕，音四，獸名，似牛。

跋梁飲冰辛稼軒年譜　改舊作

於梁甫下奏悲笳　　樹幟空群便破家
一騎唧枚流火似　　貂裘黑暗正無譁

讀稼軒傳後

凜凜猶生辛稼軒　　由來出處最艱難
靜心顛倒間時用　　識字男兒當力田

注：梁啓超、鄧廣銘年譜，錢東甫、鄧廣銘、唐圭璋傳論諸作各有可取。鄧譜晚出，
　　其編年詞用力甚勤，詳瞻可貴，惟吹錢氏之毛。至於揚棄，則未免江湖習氣。錢

傳早成，文字頗佳勝，殆近傳記文學，不易為也。年長一代恐並不能為。
凜凜猶生，稼軒祭吾家先祖殘文，梁譜未完稿而終於此句。

夢中得句

夢自非洲菊上回　夢中得句若輕雷
黃蜂紫蝶多馳騖　亂舞春風不用媒

注：非洲菊或呼作波斯菊。三四夢中得句，惟馳騖二字模糊，醒來偶憶左思嬌女詩，
乃為填補。
陸游詩，海棠紅杏欲無色，蛺蝶黃鸝俱有情。套用玉谿生詩而不著邊際，讀之不
禁微笑。放翁謹厚，固難解義山青秀馨逸之作。予不自知，惟夢或知之耳。倘有
注家，捨陸取李，則其源甚正，而其流斯下矣。故為之記。

乙巳（一九六五年）

春日睡起詠懷贈雲子

蚤音狂歌浪子行　中年罹病靜於僧
曇花一現圍飛蝶　細水長流魚負冰
雁塔光陰醒撫醪　邊城景物醉呼鷹
鳶飛凍解東風裡　每到春來覺取憎

注：時雲子由西安返京探親。唐人詩有句，蝶舞園更靜。
編注：雲子，即李雲子，朱英誕夫人之妹演員陳光之夫，四〇年代在北平創建《四一
　　　劇社》。解放後先後任中國電影發行公司、西安電影製片廠編劇等。

再贈雲子

步履多艱需謎足　蹬樓既悚下樓惶
若然台下勝臺上　茶館一開阿慶娘

注：埃及司芬克斯攔路食人，迫過客猜謎語：早四、午二、晚三足，蓋人老增杖策一
　　足。予戲呼之曰謎足，不知者當以為何典矣。
　　雲子客居西安大雁塔下，宿舍在三樓，每蹬樓即不欲下，以患關節炎也。

撿故紙得冒鶴亭先生文偶題

老圃曾為草木奴　　無令滋蔓蔓難圖
君看萬綠荒荒長　　可得微紅瘦小無

注：吾鄉冒廣生嘗補箋後山詩，最精博，為近代所少見，寒齋舊入藏，後乃忘失，遂
　　不可復得，常憶念之。一九五七年冒氏年八十有五，草經世小文，引左傳：無使
　　滋蔓，蔓難圖也，可謂要言不煩。惜年老聲低，未合時宜耳。

子忱翻東坡詩意作五言四句亦草四句以答

江山如有待　　屬意獨遊人
驢背非心頌　　林中聽鳥鳴

注：附子忱作：大蘇甘露寺詩，江山豈不好，獨遊情易闌，但有相攜人，何必素所
　　歡。此感此興，未能體會，輒為易字，成四句：江山無不好，獨遊得暢觀，但有
　　相攜人，要須素所歡。
編注：子忱，即趙信卿，朱英誕之友人。詩人，長於書法。

謝子忱贈硯

一

書家贈硯爾何為　紫石非頑欲索詩
從此磨人兼磨墨　南窗日日畫枯枝

二

滄海河源云有根　神工碧血苦難捫
馬肝在眼不能食　水墨頻添寫稻孫

注：大雪日作。聞子忱云，卿雲行將賣字。

丙午（一九六六年）

望月懷雲子　有序

雲子客居西安大雁塔下，有老而無家之歎。此塔下之呻吟也。因命筆草一絕，戲而慰之。丙午三月下浣，於北京彌齋。

家園雖有不如無　一向孤獨不稱孤
獨抱一天岑寂外　無須解渴到銀壺

放筆

人煙枯柚向詩慵　欲聽雲林畫裡鐘
三字獄成風色變　五噫歌罷棘陰重
錦衣客子行行夜　紅藕詞人覓覓蹤
九曲武夷嫌趁媚　龍門百尺作青銅

注：符秦末年笞干為政，趙整援琴作歌二章以刺之。其一曰，北國有一樹，布葉垂重
　　陰，外雖多棘刺，內實有赤心。
　　明劉孔和詩，少陵詩竭情，右軍書趁媚。又，昌黎詩，右軍俗書趁姿媚。

葡萄初結實甚盛

龍鬚馬乳正披垂　濁酒當蜀亦一癡
閑事平生無多少　日斜便是灌園時

注：丙午六月，蓋君自盧溝歸來，為予修剪葡萄，削枝刪葉，不少護惜。時予在屋內
　　與客對語，小女傳訊，謂大叔說別讓爸爸知道，予笑而離室，望之如老手潤色文
　　章，歎為今之郇人，園藝之大手筆也。不幹日，果其實累累，甚盛美無度。其秧
　　原係自盧溝移植者。口占一絕，再致謝忱。
編注：蓋君，本姓蓋，一名李元。朱英誕之好友。吾輩呼之李元叔叔。自幼喜愛繪
　　　畫，一九四二年參加革命，曾就讀延安魯藝分校美術系。解放後參加中央美院
　　　幹訓班，就職於中央新聞電影製片廠。晚年重拾畫筆，為中國美術家協會會
　　　員。近年創作有二百米長卷《長江萬里圖》。

端陽前後晴雨無準

葉底紅榴唯我知　名旁黑線竟誰宜
夜虹不是無情物　秉燭休疑取火耆

注：軼聞載，胡藏暉哲學史大綱出版，寄一冊與章太炎，封面書太炎先生教之，因用
　　標點符號，於太炎二字旁加人名號，太炎一見慣曰：何物胡適之，敢在我名旁打
　　此黑線！既而看下面胡藏暉敬贈字，亦復同樣加一黑線，遂曰：罷了，這也算抵
　　消了。
編注：耆，通嗜，愛好，音其。

感舊

游離文字緣書嬾　不換衣衫豈一癡
三十年來頻感舊　萬言書裡記當時

注：予拜讀魯迅翁晚年著作，蓋由於傳綵偶得末名書屋版魯迅雜文集，每呼之曰藍皮
書者。萬言書即答徐懋庸。其後予得且介亭雜义，蓋由日本轉運來，此最早所見
者，約為一九四一年事。
編注：傳綵，朱英誕大人陳萃芬別字。源於詩句「我是夢中傳彩筆，欲書花葉寄
朝雲」。

夢秦娘子盛開

昨夜秋燈聽雨眠　籬間真喜豆花鮮
迎涼呼伴秦娘子　日出東南樓外邊

注：種朝顏，朵極大，數年來分贈鄰舍，而小園中僅餘淡紫即俗呼藕荷色者。其深紫
一種，朵尤大，竟絕種矣。夜來聽雨遲眠，秦娘子乃見夢，淡紫色頗似豆花。
編注：朝顏，即牽牛，俗呼喇叭花。

丁未（一九六七年）

入夜聞笛

遠空猶悷路燈紅　月上初聞竹管聲
時或看茶知老病　幾曾立說失新晴
生還兒女半天下　浪語江湖一笛橫
待到榴花苔綠日　願將短夢換長明

注：丁未四月初十日五十五歲生朝作。新晴，變心情字。丙午年間紋綺純均外出串連，綺純行止幾半個中國，曰生還，蓋當歸時笑謔之語也，車禍頻傳，嘗亦懸念。
編注：紋綺純，即朱紋、朱綺、朱純，朱英誕先生之長女、次女、長男。

短垣葺成

燈光潤濕葉枝蕃　散步中唐可耐煩
十八年來如磨蟻　小園一日換頹垣

注：予於花木事向極疏闊，頹垣既去，中庭斗覺整潔可觀，而椿杏林檎山桃丁香葡萄，亦始覺成蔭，遂果有一小園，可得於秋夜散步矣。一九六七年五月廿五日深夜。

緗兒教師問故字答後偶作

氏萌戒勉讀書易　　荷暗推敲識字難
枕上聞雷蚊作陣　　夢中問道氣如蘭

注：劉向傳：「氏萌何以戒勉。」「欲持荷作鏡，荷暗本無光。」世說載何敬容詩
　　句。語云：讀書容易識字難，信然。辛丑至甲辰間，予為諸教師講詩經楚辭樂府
　　古詩，識字較諸意義，問題十倍不止，蓋索然無味如此。
編注：緗兒，即朱緗，朱英誕先生之次男。

讀馮芝生南嶽之作有感

微吟不得江山助　　萬卷書當萬里行
只有傷心辛棄疾　　斷難雪恥黨懷英
登山臨水閒遊客　　沐雨櫛風南渡情
豈曰當歸何處寄　　邊城曾否念蒼生

注：原詩絕句二首，載在一九四八年文學雜誌朱自清紀念特輯。其辭曰：「二賢祠裡
　　拜朱張，一會千秋嘉會堂，公所可遊南嶽耳，江山半壁太淒涼。」「洛陽文物一
　　塵灰，汴水紛華又草萊，非只懷公傷往跡，親知南渡事堪哀。」二賢祠，南軒與
　　朱子相會處，其中有嘉會堂，榜曰一會千秋，馮先生想起晉宋兩番南渡，甚有感
　　觸，因作數詩。文中僅錄二首。
　　稼軒詞：小草舊曾呼遠志，故人今有寄當歸。小一作山，有一作又。

追悼樺美智子

大道直如弦　垂楊作馬鞭
何處聞後笑　樂意最相關

注：六月十五日，日本東京各界隆重紀念樺氏。七年前斯日樺氏死於東京國會院内。
樺生前有詩題曰「最後」，云：「最後笑的，才是最會笑的人」，又云：「我想
在最後，人們不知道的時候，微笑一下。」

雨止

秋晴雨止意味濃　孤雲漂渺兩三峰
蟬鳴過午林逾靜　蝶是風帆飯後鐘

注：蝶每飛舞，甚少停息，至爬行，幾於絕無。一日午後乃見之，其翼攏合如帆，行
頗速，或有頑童傷之耶？然旋亦飛去。大暑前五日記。

秋前雨中雜翻文史偶題

風雨如潮晝夢驚　天涯雲樹伴雞鳴
史稱相砍哀南渡　物尚孤生誦北征
花外從無迷霧隔　靜中時有好春萌
秋天秋水來明月　日夕秋風吹杜蘅

注：明道先生語錄：「靜中時有春意」。

跋山上水手抄書兼悼念

想見虛堂苦雨零　筆無倦意意從容
廣陵高曲絕難繼　大樹飛英散葉颺

注：丁末七月中得知豈老已於四月間逝去，日期難詳晰矣。因草二聯為輓。數日後復以二險韻成一絕，蓋有可記者二三事：

(一) 盧溝事變後，廢公曾孳寄雍和宮西倉後院，變亂頻仍，其書籍旋散失。寒齋先轉借得《夢霨》一本，係鳳凰磚齋所有，其中有豈老楷書補抄原款二頁，前後有「且以永日」、「越人周作」二閒章，末記「民國十八年五月六日抄補，豈明。」字跡一絲不苟，筆筆無倦意，至足珍貴，即此是治學精神典型猶存也。

(二) 大樹注：少時嘗與儈父有事端，沈啓无先生知之，諭以「有我們兩棵大樹蔭著，休怕什麼。」意在寧息。時以助教兼研究員，改講師，每星期授課二小時，啓公為系主任，大樹，蓋亦自指。予乃無奈，改以玩世，藉偏師攻之，草長詩「遠水」一首，用典甚多，古今中外，靡所不有，欲以詩布八陣圖，亦示威、抗議之類。然不覺遂唐突新詩矣。稍後示郜映時女上（燕大借讀牛），她說，不懂，而面乃發紅，其肆志之結果，蓋可想而知。

(三) 輓聯二首，附錄於後。卓時二聯交叉著筆，頗似俯拾，惟二三字思之數日不能工，「大樹」之大字即是其一，終不莫能移動。二字實雙關也。附輓聯：

其一

書房一角古希臘小希臘閒掉用師心無殊海上多唐俟
華葉兩枝前浙東後浙東每力排傳統有類山陽悼嵇康

注：浙東派之始，由經入史；及其衰也，由史入文；其中興後，復然。何炳松云。

其二

五四呼曇花幻現經濟重心南移古城早已成邊塞猶存松菊

百一也大樹飄零夕陽輕輴西下深巷今惟過路人將止屋烏

注：詩，正月篇：「瞻烏爰止，於誰之屋。」通鑑記黨錮事引之。今人釋解
　　曰：「不知道民眾會歸向什麼地方去了」。

印度現代畫一幅

詩畫從來息息通　　出奇乃有古今同

西行玄奘逢多難　　下瞰令威隱寸凶

暗水落花星歷歷　　野塘橋壞雨濛濛

神農未品知甘苦　　特健新方早樹功

注：畫為畫報刊載，經剪裁，已失其題與作者，然神似劍南詩句。劍南詩原作「野塘
　　橋壞雨昏昏」，改用濛，周公典也。或題畫曰特健藥，見輟耕錄。
編注：輟耕錄，明陶宗儀撰，雜記元代法令制度及見聞瑣事。宗儀，天臺人，故載元
　　末江浙事尤詳。間附書畫文藝考證，亦以精當著稱。

聞蘋白先生掃街

　　七月紅旗飄細雨　　初伏綠樹蘊和風
　　文章政事厥途一　　一代清才勉強中

注：一九四九年七月一日，天安門雨中集會，先生雨中賦新體詩，題曰：「七一、紅
　　旗、雨」，曾發表。先生以紅樓夢一案，去物觀甚遠，為時所忌。乃後來每有文
　　字，必速反擊，則方朔之奇耳。
　　強煥作片玉詞序，開端即云：文章政事，「初非兩途」。片玉詞，先生所甚喜者
　　也。說詞以細密稱，風致近美成也。講論語則遵循家法，不逞才華。北京淪陷
　　中，氣節為人所尊仰。

編注：蘋白，即俞平伯先生。

贈琦翔　二首

一

　　遠志出山小草蓂　　難求四美得三餘
　　諸葛也有平平語　　知否當時讀麼書

二

　　不是成心排哲議　　少年得意夢華芝
　　澹寧二語平平耳　　投筆出盧彼一時

注：陸游「遊諸葛武侯書台」，末云：高臺當日讀何書，此一問甚有韻格，又極其誠
　　實謙虛，此正復是放翁，殆非只以知兵自負也。

讀柳亞子先生感事詩

撫時感事柳分湖　　南國詩人有楷模
棄疾名同今勝昔　　樂天居易米非珠
春旋花雨生朱槿　　日出微波落野鳧
十八年前稱不惑　　索塗直至杖頭枯

注：索塗：擿埴索途，見楊子法言。
　　晨鳧戲水，往昔中南海景物，此指頤和園。
編注：擿埴索途，謂盲人以杖點地，尋求道路。漢揚雄《法言‧修身》「擿埴索途，
　　　冥行而已矣。」擿，選取，音哲。埴，土，指土地，音直。

懷柳亞子先生

古城春至望平蕪　　南國詩人近日無
自昔未能多好事　　不曾拜識柳分湖

注：前詩意有未盡，再書一絕。一九四九年三月十八日先生輾轉至京，廿八日賦感事
　　詩，有「分湖便是子陵灘」之句，擬歸隱故鄉也。自比子陵，詩人之言也。

無題

讀魯迅先生《半夏小集》後作

　默是黃金兼白眼　譁方如火復如荼
　西風落照人歸去　各作行腳海上枯

注：聖蒲孚說：「惟沉默是最高的輕蔑。」魯迅先生引用，並補足之曰：「最高的輕
　　蔑是無言，而且連眼珠也不轉過去。」

懷如皋柘樹園

　柘園如夢復如曇　水繪人知不待探
　文史興衰今仍昔　送君江北向江南

注：予先人從文信國抗元兵，至如皋流為農者，夫妻親耕織，是為一世祖。其地有柘
　　樹園，稱柘園公，文公七世孫也。予祖母程，裔出河洛。史實如此，蓋非以為光
　　榮。然予之服膺浙東派，且冀其有所發展，則不復是實際歸趣耳。然甚慚也。宋
　　楊萬里者易傳，多引史傳以證之，為宋元文十所非，然當時與程傳並刊以行，則
　　文士反不及書肆遠甚，噫亦奇矣。
編注：文信國，即文天祥，宋，江西吉水人，字宋瑞，號文山。進士第一，官至江西
　　　安撫使。元兵至，受命使元軍談判，被扣留，後脫險。端宗即位於福州，拜為
　　　右丞相，封信國公。募兵抗戰，力圖恢復，兵敗被俘，不屈，作〈正氣歌〉以
　　　見志。詩文雄瞻，蒼渾勁健，雅近杜甫，有《文山集》。

懷武昌皂角園

皂角園裡碧雲樓　　卷破書香任淹留
黃鶴飛時歌小住　　梅花深處寫無憂
三千里遠歎多病　　四十年長夢昔遊
鸚鵡能言人默默　　只餘形影聽鷗鵂

注：皂角夏開蝶形黃花，莢可洗衣，其白者濯垢尤勝，曰肥皂莢。予家在武昌城中，
　　大皂角樹一株，最稱神奇，園中有藏書樓曰審影樓。辛亥年間以旗籍親戚故，舉
　　家歸北平寄籍，書籍盡失。「梅花深處碧雲樓」，係母莊（諱存英）詩稿所用名
　　也。我母祖籍歷城，逝世時年僅廿九歲。
編注：鷗鵂，貓頭鷹屬，音如「癡休」。

題《多餘的話》

用魯迅先生自嘲詩韻

獄中銷骨復何求　　憑弔誰臨古渡頭
蘭草懸根離故土　　芰荷出水植中流
書齋促膝同聘馬　　海港論文若解牛
便憺風雲成際會　　寫憂一卷尚橫秋

注：寫憂：《多餘的話》開端引「黍離」，「知我者謂我心憂，不知我者謂我何
　　求」。予嘗以為，話中略無與魯迅先生談藝一節，最可議。若所傳文，確係其本
　　人手筆無疑。蓋與身份殊相稱也。
編注：《多餘的話》作者瞿秋白，現代作家，文學理論批評家，江蘇常州人。中共早
　　期領導人，一九三一年離開中共中央領導崗位，在上海抱病工作，與魯迅先生

一起領導了左翼文藝運動。

芰，菱角。兩角者為菱，四角者為芰。芰音際。

題且介亭詩稿

書法久東渡　無題詩大行

有情人已老　不做玉谿生

汪：且介亭詩多有為日本朋友所書者，此其詩之時代之特色。楊霽雲嘗編輯魯迅語錄，又比翁詩如李商隱，翁作書答之曰：「玉谿生清詞麗句，何敢比肩，而用典太多，則為我所不滿」云云。楊君蓋年稚無知。且介亭詩中典亦不少，且有生僻，無題詩確以益稱繁陋，然別是一種，如老學庵所剖析者，宜楊君之比擬不倫也。

魯迅素描

一

冷臉復橫眉　迅翁出越國

少年偶多思　便假以辭色

二

晚愛珂惠支　編訂出一手
撫童曰於菟　嚴父兼慈母

三

迅翁居滬上　懷新並感舊
臨終憶太炎　學風開戰鬥

四

鳳分朝耶嘲　百鳥圍剿之
扶桑多畸人　愛之索其詩

注：讀漁洋書，知錢牧齋喜山谷為子瞻寫照小詩，漁洋舉杜於皇一首妣美。予喜而效
之，殊不能近似。
珂惠之，即柯勒惠支（KätheKollwitz）。
語云：百鳥朝鳳，或以為實是百鳥嘲鳳，何朝之有。蓋設想百鳥以鳳多異彩，視
為怪鳥耳。見地亦極靈怪而可喜。

題嵇康集校注因懷廢名

輕薄為文唱膚施　　沉鐘社裡有誰知
廣陵散豈太平引　　何故臨分不許師

注：校注，戴明揚著，最稱完善。
　　七月詩人某著《延河散歌》，〈神話〉一詩用膚施古地名，謂起源於清涼山道士
　　以膚肉飼餓鷹。
　　沉鐘社陳翔鶴以寫嵇康、陶淵明歷史小說兩文獲罪。廢名先生與沉鐘社關係較早
　　較深。
　　《世說新語》注，引「晉陽秋」，康問其兄：「向以琴來不？」取調之，為太平
　　引，曲成，歎曰：「太平引於今絕也！」案，諸書或作散，或作引，然實非一
　　曲。當以散為是。世說注，或以為引以「文士傳」。
編注：膚施，古地名，地在今延安市。

憶楊丙辰先生

書齋如夢積塵多　　疑是鼪鼯嫁女過
愛國無心應有意　　等閒一問意云何

注：予居古城三十五年，除苦雨齋外，惟曾至羅圈胡同楊丙辰先生宅耳。
　　丙辰先生書齋堆積零亂，殊無章法，且積塵甚厚，一硬木八仙桌亦不覺整潔，他
　　可知矣。似久無人居處者，人謂之疏懶，或以為生活舒適故。
　　憶一九四二、三年，嘗以「骹貝爾」請教，異日先生持巨著一部至予工作室，與
　　以指點，始知以愛國詩人著稱（案，時予為諸少年講詩論，紹介龐德所開一人物
　　表，最末為孔子，其中惟骹貝爾為德人，在常識之外）。當時楊先生並隨口問
　　曰：「你查這個幹嗎？」予如實答之。先生之對後輩鄭重如此。然先生實識不符
　　學，蓋此一問頗示懵懂也。當時淪陷，莫不知東鄰之肆虐，更無不知軸心之橫

行，先生仍以為希魔必勝，此豈非昏瞶之尤！？

編注：楊丙辰先生時為北大教授。

　　　鼲，音渾；鼫，音昔，均是鼠名。

追悼匡齋猶賢博弈齋兩先生

論私抱小莫狂馳　　負物乘車何所之
白馬湖難洙泗比　　長亭樹老路分歧

注：古人凡有載記，出面即臻成熟，今人則發展中各體段盡露，此其差別，亦即各具
　　之特色。然魯迅逝世時年五十六，聞一多四十八，朱自清五十，均未入老境，此
　　豈亦得謂之特色耶！蓋難言矣。
　　豐子愷嘗畫古樹，以古之詩句「長亭樹老閱人多」題之。
　　俞平伯、朱自清、朱孟實等人均出白馬湖。聞一多早年有唯美主義傾向。總之，
　　局面雖混亂，途徑卻清晰也。

讀辜鴻銘小傳有感

愛扶桑娶扶桑女　　獨易老人讀易堂
白鶴孤飛天淡遠　　草香日夕下牛羊

注：辜納大阪吉田貞子為婦，相隨十八年，情好彌篤。晚年著作有讀易堂文集，號獨
　　易老人。
　　讀易堂與藥草堂愛日本，娶日女，絕相似，讚揚日本保有漢唐文明，亦復相同。
　　今則中日殆類歐洲之德法，此最可慨。鄙意中日必出廣義信徒，使關係勿失調，
　　捨此恐無他途徑。

泰戈爾詩意

查上鷺銜魚　飛向碧空去
人麗若華燈　夜將無所瞿

注：姚茫父（華）譯《五言飛鳥集》，其一有「起魚碧空行」之句，予引王摩詰「鷺
　　鶿堰」說之，廢公以為有禪趣，來札稱讚，實則趣而有之，禪乃未也。又，《飛
　　鳥集》中有詠美女一首，廢公特喜之，常加讚歎。

莎翁詩意

天生愛儷兒　陽光之觸鬢
蝶舞花樹下　夢也不須驅

注：法國馬拉梅有驅夢詩，予酷喜之。

題所藏柏林斯基兒時花間讀書圖

嬌似秋葵向太陽　百花叢裡讀文章
誰知所讀為何物　兀日潛心首不昂

注：予少時於柏氏甚敬重，讀屠氏之《羅亭》，其中寫柏氏一節（粉本），尤神往，
　　此三十餘年前事。其時李象賢兄日至鄙舍論詩，謂予少時貌肖柏氏，則殊不自知
　　也。或以為予貌肖聞匡齋，而匡齋先生似予現之，乃不似柏氏，然則，蓋難乎其
　　為己也。甲辰秋七月始買滿濤譯柏氏論文兩卷。其後逐漸止買讀，始編《烏屋書
　　目》，蓋亦可紀念之事也。丙午，藏書損失尚不及半，猶得重編，因志之。

題馬拉梅木刻像

清深者秋水　水光作朝霧
輕輕驅夢去　樂園不可哭

注：少年詩人聞青為予所刻，幅甚大，杏黃紙，極可喜。
　　聞青係沈金鐸先生學生。金鐸先生嘗贈詩多首，惜均已散失矣。予惟贈以日本精
　　印法國象徵派諸家詩譯文一部耳。

讀戴東原屈賦注

屈子之褒一字純　莊周妙理待鈞陳
黃昏拂日悲奇語　寒舍但驚日拂塵

注：戴東原之序屈賦，一字之褒曰純，予最嘆服。
　　錢鍾書說長吉詩，附說十，引郭麐評黃仲則詩：「茫茫來日愁如海，字語羲和快
　　著鞭」，又舉司空表聖枉題第十五首，等等。案，屈子乃早有此種奇悲之句：
　　「折若木以拂日兮，聊逍遙以相羊」！誠為異彩也。又，「時日曷喪，予及女偕
　　亡」，雖散語，意甚閎肆。詩與文原非涇渭耳。

齋居紀趣　二首

一

老氏過關析理　成連入海移情
斧藻齋居無事　凫晨景物心傾

二

斗室蜂巢正旺　管它春暖春寒
細雨綿綿邊草　風吹燕北江南

注：中南海宿昔淪為荒澤，唯野鴨群集，最可觀。
　　蜂巢，煤磚，圓形，十二孔。革新後家家用之，較整潔也。燒飯尚可，取暖則不
　　及硬煤遠矣，唯小室相宜耳。

舊刑部街故居　並序

　　予家在原舊刑部街卅八號，詩人杜文成贈詩，戲謂之「久行步街」者；後有果園，門前古槐二株，可以遠望。今街已開拓成為通衢矣。予詩草命名曰「深巷集」，已失其意義，正當於此略記之。

　　　　舊刑部裡海棠生　　引得詩人不世情
　　　　深巷為衢移短巷　　南歐傳有賣花聲

注：漁洋山人於歲暮讚歐公、東坡文中寂寥風味，其語可味。又云：然歐公有刑部海棠及刑部看竹詩，今刑部詎復有此遊觀之勝耶？

　　《舊京瑣事》記，當時街前有廟市，極盛。予居住時則狹而長，然頗幽靜，蓋北京居處之特色。

　　嘗閱說部，義大利某名城風習，賣花聲猶得流行，頗富詩情。傅東華編《文學》雜誌載。北京古城，深巷所在多有，而賣花聲則已絕矣。庚寅冬移居至祖家街，實為短巷。

編注：朱家移居祖家街為一九五〇年冬。

九日偶飲

　　　　閒來命筆試題糕　　靜月澄高菊伴騷
　　　　逝水刻舟看水遠　　捕風棄杖聽風號
　　　　香過漢代百末酒　　豔似歐陽千葉桃
　　　　持贈山妻波律脂　　焚膏繼晷一酬勞

注：初七山妻慶九，後二日有作。

　　清初孫鍾元題壁云：人生最繫戀者過去，最冀望者未來，最悠忽者現在。夫過去

已成逝水，勿容繫也；未來茫如捕風，勿容冀也；獨此現在之頃，或窮或通，時行時止，自有當然之道，應盡之心，乃悠悠忽忽，姑俟異日，諉責他人，歲月虛擲，良可浩歎！（見《帶經堂詩話》二四）予喜之而入詩句，殆屋上架屋矣。

又，嘗閱說部，有老僧能知過去未來，某以杖扣其頭顱，曰：「打他個現在！」一莊一諧，意義一也。

百末，見《漢書‧禮樂志》。又師古曰：「百末，百草華之末也，以百草華末雜酒，故香且美也。」見《春秋繁露》。又，歐陽子有千葉桃詩。

《香譜》：波律國有樹，出清脂，謂之波律膏。

編注：山妻，即朱英誕夫人陳萃芬。母陳萃芬生日為一九一八年陰曆九月初七。

焚膏繼晷，膏，油脂，指燈燭；晷，日光，音軌。謂夜以繼日地勤奮學習。

雍和宮西倉

蒼然松柏院　木末繫黃昏
風雨常侵蝕　禪房幸默存
三人無主客　一語破塵樊
卅載索居者　目光驢背論

注：盧溝橋事變後，寂照行腳寄於此，廢公時去職，亦暫居此，劉得仁詩，儒釋偶同宿是也。

寂照，廢公少時同窗，嘗寄予明信片，稱為「慧心的學者」，蓋過往廢公獎掖故耶？予久居深巷，殆類蓬生麻中，實城居而有索居之樂耳。

窗外

窗外月臨天外遇　目中人自夢中來
花前推卻憑雙手　雙眼向君君莫哀

注：為傳綵四十慶九寫陳迦陵江南春後作。
　　歐陽六一出塞詩：推手為琵卻手琶。
　　傳綵少時善為虎視，甥男女輩無不望而止步。予每遇此，輒欲發竹笑也。
編注：竹笑，形容竹遇風擺動的姿態。蘇軾：「竹亦得風，天然而笑。」元李衎《竹
　　　譜詳錄》：「竹得風，其體夭屈謂之竹笑。」

對客

鴉翻晚照紙窗橫　霜柳堂中斷簡輕
就我求同談七命　憑誰有異話三生
近沉水處歎橋歎　過緬門時語索驚
遠矢弦鴻揮送手　敝琴焦尾不成聲

注：予卅年筆記毀棄罄盡，惟新舊詩得保存，另序跋雜文殘卷，一冊而已。然亦焦尾
　　之類。
　　嚴又陵瘉懋堂詩：「吾聞過緬門，相戒勿言索」，西諺也。英十九世紀浪漫派有
　　「歎橋」詩。
　　予向有三自三生雜說，三自者，自然，自我，自由；三生者，生存，生活，生命。

燕南園訪林靜希先生

滿院生香步步高　　沒人不比野生蒿
時多獨宿吟閒靜　　絕少頑童一陣騷

注：林庚於光復後入燕大，後改北大，仍在燕南園。
　　林先生惟二女，林容、林音。嘗偕廢公往訪，彼此均無復往時談詩雅興矣。然
　　贈近著《詩人李白》，乃題曰「白騎少年」，赤子之心未失，因追逸昔遊，口
　　占一絕。

四筵獨坐本來分　　彷彿旗亭又逢君
舉世不聞詩嬾號　　今朝思致沈休文

注：傅禅門評「自由詩」曰「嬾詩」。林先生首創韻律詩，並能持論。

題泥砂集

寒冬苦短知無涯　　才是朝霞便落霞
朝韲暮鹽悲小乘　　夙興夜寐愧專家
發言莫賞楊歸墨　　詠物多欣果是花
斟酌群言獨斷好　　願辭金貝頌泥沙

注：予最後一集詩，取蔡中郎文命曰《泥砂集》。蔡邕云：「金生砂礫，珠出蚌
　　泥；歎茲窈窕，產於卑微。」又云：「文而不華，實而不樸」，言至清深，甚可
　　喜也。
　　專家小乘，正對，非反；亦舊詞也，與今人之概念不同。

編注：䪏，音機，調味意，引申為調味的細碎鹹菜。䪏鹽，指素食，謂清苦的生活。
小乘，佛教語，梵語的意譯。大乘佛教流行之後，原部派佛教被貶稱為小乘。
楊歸墨，楊朱、墨翟，楊朱主為我，墨翟主兼愛，是戰國時期和儒家對立的兩
個學派。孟子〈滕文公〉下：「楊朱墨翟之言盈天下，天下之言，不歸楊，則
歸墨。……」

掃墓

亮馬橋東有柏園　　松高馬尾此置根
荒田一路隨蝴蝶　　大夢無須守墓閽

注：出朝陽門約十里，有大亮馬橋，先塋在焉，祖墳正中馬尾松一株，可以遠望，殊
瘦勁。
祖母云，一老太太攜兒赴京，葬於此，遂為寄籍。有清二百年例為遊宦，至予，
始生長於北方。

風雨後作

赤子童心不可呼　　回思故吾似今吾
生涯冷淡勝幽憤　　石徑崎嶇足畏拘
塵世無疑夢外夢　　青天活似湖中湖
蜻蜓點水輕狂甚　　縛兔雄獅卻失愚

注：立冬前一周，是日日全食。

乙稿　一九六七年冬

丁未冬日（一九六七年）

深夜

早習寒苦得溫馨　石破天驚帶夢聽
深夜冥冥連曠野　一燈星火尚熒熒

注：房山近在咫尺，然迄無機緣遊覽。讀匡齋文，於詩僧不無敬意，偶作此。
　　劉同人《帝京景物略》「賈島墓」末云：「蓋詩人丘裡名，島為多；身後名，島
　　為久。」語甚凝練，然不能明晰。匡齋論文，獨不據此，別引《深雪偶談》、
　　《郡齋讀書志》、《唐才子傳》諸書，精思闡發，可補景物略。略謂，「每個
　　朝代的末葉都有回向賈島的趨勢」，甚至江西派為「新階段」，也分得其「贏
　　餘」，以為有「各個時代共同的賈島」。並斷曰：「在動亂中毀滅的前夕都需要
　　休息」，「要全部接受」，「而在平時，也未嘗不可以部分的接受，作為一種調
　　劑。」鄙意苦吟作為歷史的均衡則可，若驅肯詩僧，足為　啟發，以為偶像崇拜
　　則過矣。匡齋美文，仍當以詩待之耳。

夜讀石湖詩偶題

田園詩興古今憐　小集西征車馬便
禁戰無偏多可讀　正緣多病費吟箋

注：誠齋序頗長，一起尤新穎可喜；放翁序甚短，特覺精拔，蓋為西征小集作者。
　　石湖集中多有室名，奇者如翻襪庵、放下庵、說虎軒等，尤奇者曰殊不惡齋，蓋
　　由病得閒也。因憶東坡亦有「思無邪齋」，可見此種習氣，由來已久，至鄭板橋
　　始公開大反對，然終無效也。此瑣事，正當置之為宜。

石湖可欽敬處在於對病患之態度，其子跋語中已道及之，曰：「先人嘗為莘等
言，自十四五，始為詩文，晚而深篤，或寢疾，醫以勞心見止，亦以政自不能不
爾謝之。」此純為近世浪漫主義之精神，卻可取，以其固而不腐也。

追和范石湖盧溝詩

曉風殘月墜山低　五百里鴻盡戲游
滴滴魚梁蘆管淚　哀兵常記破倭時

注：石湖原注：宋敏求謂之蘆菰，即桑乾河。案今作盧溝，放雁之水，理或然歟。石
　　湖詩句，草草魚梁枕水低，王漁洋作輿梁，蓋誤記。石湖原注：虜法以活雁餉
　　客，五百里禁捕。案，虜指金人。

兒童挑花間蛛網有感

長篙漁父有歸趨　五柳先生懂寫摹
常駐桃源天匪笑　一竿決網去絲蛛

注：少時嘗詠「新的桃源」。蕭伯納氏論戀愛，以蛛網為喻，極奇闢而可喜。

病後雜詠

偶然顧影疑非我　　不入百城又一年
塞上有情金鎖曲　　浪中無意布衣權
三冬文史空足用　　萬卷詩書實欲躪
豈獨寒梅真嫵媚　　可憐因病亦成妍

注：陸游〈病中〉：半年不讀書，顧影疑非我；乃知百年中，如此過亦可。
　　唐僖宗朝，內製袍千領，賜塞外吏士，神策將軍馬直於袍中絮得金鎖一枚，詩一
　　首，為人所告，奏聞帝，令直赴闕，以宮人賜為妻，有情者為金鎖曲，流於世。
　　（《唐音癸籤》）
　　徽人閔景賢，字士行，所輯有明三百年布衣之詩二尺許，顏曰「布衣權」，搜羅
　　最廣。中頗有幽隱之士，未有聲稱於世者。……後聞士行與此集，俱在汴水沿大
　　中矣。布衣權尚足闡發幽隱，有益風雅，獨不得行，真布衣之厄也。（周亮工
　　《書影》）
　　范石湖詩：因病成妍卻奇絕。

感舊

旗亭畫壁夢難賡　　四十賢人不適情
鬩草如絲銅雀渴　　石榴似火玉簪生
譜成混沌方盈耳　　詩待推敲剩點睛
雨過天青才一瞬　　巷深遙聽賣花聲

注：予久居古城之深巷，故最喜賣花聲，猶憶雨方止，叫賣聲便由遠而近，每欲詠之
　　而殊不能佳勝，甚悵惘。此唯一之感舊也。
　　徐鉉工篆隸，好筆硯，聞鄴人時得銅雀台古瓦為硯甚佳，會所親調補鄴令，屬

之經年，尋得古瓦二，絕厚大，命工為二硯，鉉得之喜，即注水將試墨，瓦瘞土久，枯燥，得水即滲，又注之，隨竭。鉉笑曰：豈銅雀之渴乎？終不可用。（《事實類苑》）

華山陳處士隱於睡……馮翊羽士寇朝一事處士，得睡之大略。……劉垂範旨寇，其徒以睡告，劉坐寢外，聞鼻鼾之聲，雄美可聽，曰，寇先生睡有樂乃華胥調。或曰，既有曲，譜記何如？劉以濃墨塗滿紙，題曰「混沌譜」。（《貴耳集》）

附記：予論詩向以古詩為古人之創造，故絕不可學；蓋今人又有今人之創造也。絕句似尚有餘地；為遣興，律詩亦可戲為之。如甌北論朱竹坨詩，竹坨中年以後，恃其博奧，欲盡棄格律；若然，倘有天才，亦未致同光派詩人所謂蜂蝶之鬧也。近體五言又不如七言（五律五絕，均近於古體而遠於近體。予最喜王裴五言絕，然較諸古體，尤覺不能學步。）。故予喜作七絕，偶作七律耳。然七絕絕難作，七律尤難，不得謂以格律故，遂摒棄之，摒棄誠最易事也。避易趨難，因難見巧，是在作者。若鄙人作，則戲筆草草，謹守自娛之遺訓，故亦不欲多所持論耳。客至有所問，隨意答之，並記於此。（海藏樓十二，「答張玉裁」，隨人作近體，何異蜂蜓鬧。）

輓歌

輓歌一曲不妨賡　恬晦談真語不驚
新綠增來便綠暗　斷紅流去復紅明
鳩鳴喚婦風應應　雨響霖鈴夜更更
愧我艱難身始貴　一生此節是精英

注：何承裕素與陶谷不葉，……何知之。及陶判銓，一旦方優息，何自外抗聲唱輓歌而入，陶甚驚駭。承裕曰：尚書豈長不死者耶？幸當無恙，聞一兩曲又何妨。（見《五代史補》）

陶淵明自祭文：匪貴前譽，孰重後歌；人生實難，死如之何？飲酒三：所以貴我身，豈不在一生，詩語質樸之極，予最喜誦之。今我學步，則陋甚矣！

讀畫偶得句足成之

大雨滂沱草木蘇　為誰惟寫谷蘭枯
哲人不入朝歌鬧　秋士常欣晚豔孤
天下呻吟未淡忘　東方詭辯已難摹
何當掃出紅石竹　莫擬歲寒損益圖

注：香祖筆記引太平清話：朱竹古無所本，宋克溫在試院卷尾以朱筆掃之，故張伯雨
　　有偶見一枝紅石竹之句。然閩中實有此種，紅如丹砂。

題影印平復帖

墨生綠意錦裝潢　詔詣晉齋中草八行
翻見催妝非急就　奩資有此勝香光

注：一九三七年溥心畬喪母，以四萬元售與張伯駒，二十年後張氏捐獻於政府。
　　一九四二年郭立志攝影印入《雍睦堂法書》。
　　式古堂書考，陸士衡小隸，下注：「墨色有綠意。」見陳繼儒《妮古錄》。
　　明李本寧答范生詩：「昨朝同爾過韓郎，陸機墨蹟錦裝潢，草草八行半澌滅，當
　　道千金非所屑。」
　　帖嘗為清憲皇后（鈕鈷祿）奩資，後逝世，遺命賜成親王永瑆，即詔晉齋。平復
　　帖，章草，所謂急就章是也，小隸八行，八十四字。郭氏法書後附啟功釋文。

跋小謝詩目

空想當時作何語　鍾嶸嗟慕未能文
一江春水非非我　無處青山不屬君
浪跡一生低皓首　深宮三日美羹芹
漫云今古難相及　手口何曾有託欣

注：予少時嘗撮錄文選中小謝詩，為之注釋，今惟存詩目一紙耳。
　　詩品云：朓極與予論，感激頓挫過其文。恨不詳晰記之。
　　頸聯，出句李白，對句梁武帝語：「三日不讀，便覺口臭。」

題姜亮夫著陸平原年譜

古訓當堅智必愚　大哀莫過碧成朱
陸機矜重風塵裡　淺淨深蕪小大巫

注：陸機吊蔡文：「故尼父之惠訓，智必愚而後賢，諒知道之已妙，曷通道之未
　　堅。」
　　孫興公云：「潘文淺而淨，陸文深而蕪。」世說。
　　平原詩：「京洛多風塵，素衣化為緇。」有文成法立之致。

種桃

當窗一樹落花新　　我種桃株豈避秦
白話千朝歡酒鬼　　黑甜一宿笑情人
劉郎來去何干爾　　人面紅白只了春
天淨絲絲楊柳拂　　薰風琴趣浩無垠

注：南史劉杳傳，任昉曰：酒有千日醉，當是虛言。杳曰：桂陽程鄉，有千里酒，飲
　　之至家而醉。

年來溺於詩仍賦詩解嘲

城中土瘦石彌堅　　傳統惟將紙作箋
累日沉吟只自虐　　寒鴉亂舞有人憐
孫登悲嘯居無所　　柳下中庸魚忘筌
月白風清非可買　　權當飲馬即投錢

注：宋人詩：詩狂不作箋。
　　或以為悲嘯不對中庸，鄙意即此是意對曲逕，不當死守語對工整。然不足為癡人
　　道耳。

哀唐賢

灞橋風雪若為情　此日多欣愁苦聲
夜郎刑流金馬客　元門志在玉谿生
不妨花舞嘲獨舞　自可獨行美並行
歐蔡善談聞喜甚　忍聽小杜號知兵

注：盧照鄰：人歌小歲酒，花舞大唐春。
　　唐山南節度使於頓獻樂，樂中有丈夫一人獨舞，時幕客昔於綏觀之曰：何用窮兵
　　獨舞（黷武）。見《唐音癸籤》十三。
　　蔡君謨喜言詩而不言政事，歐公喜談政事而不談文章，各不矜其所能。詳見蘇子
　　容《談圃》（載蔡福州外紀）。

環溪別墅即事贈梅生

看花不語鹿鳴呦　對景當歌鳥唱留
涉水嬌兒無妄語　緣溪漫畫有急搜
停雲落月沉金鯉　逝水飛紅吹石尤
北國蘭成園不小　食魚主客默如鸊

注：盧溝橋事變前別墅名萬牲園，生物研究所設園內，世交關君正供職獨宿其中，溪
　　魚可釣而食之。
　　漫畫，鳥名，涉禽類，嘴扁平，狀如篦，又名篦鷺，全體灰色，頂無羽冠，奔走
　　水濱，搜索食物，一忽少休（梅生學生物，晦日當問之，有何詳晰資料否？上述
　　抄自辭源）。
編注：環溪別墅，後為萬牲園，即今日之北京動物園。

夜微雪讀東坡詩偶作寄子沈

偶遇神農生法喜　　早逢倉頡得辛酸
黃公灘上誠惶恐　　大散關頭錯喜歡
堂上無言觀自在　　案頭歌舞拒人看
三千日去牘無一　　悔未常置酒禦寒

注：維摩見法生喜，以法喜為妻。
　　坡詩：人生識字憂患始。
　　過惶恐灘詩，自注：「蜀道有錯喜歡鋪，在大散關上。」惶恐灘即黃公灘，一統
　　志：「為灘十八，怪石多險。」
　　傳燈錄：「長老未開堂，不答語。」坡詩：病不開堂道益尊。
　　東方朔上武帝書，多至二千奏牘。

羨西鄰有竹成叢

憫農又比悔農愚　　問舍求田計更麤
陋巷安居應不改　　天工人代種龍芻

注：東坡：惟有憫農心尚在。唐戴叔倫：曰長農有晦，悔不帶經來。陶公勸農詩，最
　　為健全，然二字早成通用，遂不可嚮邇，斯則失愚矣。
編注：麤，讀如粗音，不精意。龍芻，草名，即龍鬚草。

題不匱室詩

敢薄唐賢愛宋賢　　漁洋而後有程錢
同光派裡情不匱　　晚翠軒邊鑿欲專
逾越幽居南北極　　隔膜天際東西緣
一編感舊須明辨　　文字芳鮮或弱綿

注：子怳近日入藏之書。陳衍、夏敬觀、吾鄉冒廣生為之序。
　　海藏樓詩，題晚翠軒集：試迴刻意功，一極才與思。陳石遺序盛稱之。不以人廢
　　言，蓋百年來論詩之極則也。
　　東坡：歸來文字帶芳鮮。或論詩曰：周弱而綿。

有贈

日短天寒客意癡　　近朱者赤愧無私
正言若反悲唐俟　　雅量宜寬隘退之
海日升平夢自破　　荒雞好聽職專司
侵晨快雪大如席　　貧士當歡清畏知

注：予夙不論詩，作舊詩尤不多示人，實欲去私也。

題烏屋書目

君問寒齋何所似　略無長物任猜疑
一張小東陸機墨　九曲黃河山谷詩
三十年間談寂寂　千餘裡外想遲遲
小園依舊烏屋在　殘闕書文自不宜

自慰

少時書法黃山谷　衰老詩情陸劍南
莫畫枯枝看半復　著花老樹可真貪

注：憶野園小住時，謂杏岩老人云，僅欲草絕句百首，杏岩則擬議命其賢弟某為之作
　　圖百幅。然又戲語而不以為然，曰：「看吧，恐正復下筆不能自休耳。」予亦一
　　笑置之。丁未冬病中遂戲為律詩，喜同光體，慕學人之詩，果率爾多作矣。然均
　　不能近似也。予老而學詩，視高達夫、韋蘇州，不啻小巫，宛陵之詩，醜枝生極
　　妍是也。然亦何敢望妍。若老樹之著花，則近真實也。老病不堪，猶能命筆，病
　　有病福，羞堪自慰耳。丁未大雪前一日，北京。

種藥草

天上人間斷復連　大雄笑拍小雄肩
神農種藥聖賢事　藥草著花相鬥妍

注：予病者也，神農窟前百藥叢茂，神往久矣，今病中呻吟之花，類似藥草之有華，

歟？殆亦可入病居士傳歟？然神農種藥聖賢事，何敢引以為榮。作自慰詩成，乃別取宛陵語，為此卷命曰「著花庵詩」。

再作自慰詩

江南離恨憶煙消　燕北閒情盼綠彫
與日偕作哀抶馬　驊騮汗血過狂飆
堠旁去病嫖姚猛　樹下衛青馬邑驕
欣遇何來雙白騎　苦吟今只不終朝

注：少時常騎腳踏車往返清華園，或涉險，廢名戲作小柬云：「白騎少年路遇霍去病乎？」然白騎少年實林靜希先生自號，嘗有閒章，廢公蓋兩用之為戲耳。
編注：抶，音吃，鞭打。堠，音後，古代遠望敵情的土堡。

早春送聞女遊上海

追憶丙午間事

枝上才思彩筆同　早春二月看真紅
如何不忍龍華去　蜀魄聲中歎化工

注：庾信：真紅不假染，自白不須妝。

少年行

長空小影午陰圓　　斷續蟬聲花欲然
輕信厭人文更好　　稍加論理說常堅
歡呼魚躍哲離水　　仰視鳶飛復麗天
遠足歸來翻靜喜　　苦無詩句帶芳鮮

注：予少時最喜夏日獨遊，視午夢者為俗物，至今猶不晝寢。

題吠影照

人云疑是海棠顏　　一夕吹花分外妍
深夜月明聽豹吠　　日中常守小窗邊

注：窗外梨樹、白紫丁香各一株，卅五年前予寫「無題草」時所攝。

荒齋況味　俳諧答客問

茶煙如縷惠詩思　　細草成絲移玉悲
親哺雞雛威似鷟　　自生橋樹猛如獅
躅書閣案兒群據　　反古荒齋母縈維
郭外如雷池一步　　歌於斯並哭於斯

編注：鷟，音桌，鳳之別名。

自慰詩案餘波

回首平生難載酒　棋聲寺院看春江
悔無大入來思辯　喜得微知存默容
聽雨聽風聞燕子　呼牛呼馬喚花翁
偶拈一著輸騰口　逢著仙人定落驢

注：予五十五歲作自慰詩，偶拈老樹著花之語，遂成口實，或有戲之者，乃呼曰著花
　　翁，謔而近虐，逕作花翁矣。書此解嘲。
　　明王敬美論陶詩，有大入思來之語，善評也。
　　默容，見中庸。

題倪瓚

長留枯樹為嘉樹　小序寂寥愜素心
幸草鐵蹄宥清閟　知音千載繼蘭成
試看天地屏花著　可助酒茶去俗喑
雅正遠觀六君子　無人畫裡莫追尋

注：《倪瓚》小冊子，鄭拙盧著。
　　謝仲野詩序：見蹇朝陽編詩集附錄。六君子圖，雲林畫之一。
　　幸草，見論衡：火燔野草。車轢所致，火所不燔，俗或喜之，名曰幸草。
　　重作一首。覺前詩不甚醒豁，故重作。然此首雅正字尤未能寫出，微似可惜：

不惟天地無花著　畫裡無人亦可人
千載知音尊庾信　蹄輪幸草宥雲林
遠山一抹遠應淡　紫栗成團紫復新
蔥甚猶能題六棵　淡黃紙上影如神

郭老來代人求書裝飾字有感

百衲碑傳自宋賢　　為人為己尚相寬
鬼車莫載牛車去　　書屋許隨奕局殘
四味果成塵劫換　　三重樓起老懷安
棋盤街是長安道　　幾見爛柯人願看

注：為人民服務五字最初見於民十六年出版楊鴻烈著袁枚評傳。
　　百衲碑，韓魏公作晝錦堂，歐陽文忠為記，蔡忠惠書之，每一字必寫數千赫蹏，
　　俟合作而後用之，以故書成特精絕，世所謂百衲碑是也。見弇州四部稿。
編注：赫蹏，西漢末年流行的　種小幅薄紙，讀如細蹄。蹏，古「蹄」字。

讀郭鼎堂《紀行》書有感

奇律何能數刉窺　　略於書法得藩籬
一錢今有詩豪述　　惆悵涪翻成自私

注：時讀山谷詩。予藏崇寧通寶一枚，而不忍棄之，私心實紀念山谷也。郭老紀行中
　　記烏茲別克圖書館藏一枚，自藏一枚云。不知此種甚多，不足為異也。
編注：涪翻，宋黃庭堅貶官涪州別駕，自號涪翁，也稱涪翻。蜀人尊稱老人為
　　「翻」。涪翻，讀如福坡。

讀少陵東西莊兩律後偶作

杜陵兀傲本來親　百煉鋼成繞指純
寂寞休將心跡說　但求詩句認天真

靜瑟軒

淵明詩獨寄　蘭成銘愛企
把臂入長林　再呼已至此

注：員山有大林，雖疾風震地而林不動。以其木為琴瑟，曰靜瑟。見拾遺記。
　　庾信至仁山銘：仁者可樂，將由愛靜。

題姜亮夫著張華年譜

兒女風雲兩得之　未聞即彼此非宜
得書帖在八家類　女史箴由虐後悲
死者復生生不愧　今時宜史史非詩
採詩風熄熄王跡　小道何妨識小奇

注：盧欽乃大儒盧植之孫，清淡有遠識，所著詩賦論難數十篇，名曰「小道」。

讀輞川集

摒除絲與竹　丘壑有清音
卌首輞川集　賢人互主賓

注：裴迪所作，不愧摩詰，本是一集，合之雙美。
　　五言律昔稱四十賢人，予以為輞川集四十首，正當得此美名耳。
編注：卌，數詞，四十。卌，音細。輞川二十首，王維作，裴迪和，共四十首。

題風雨樓詩

守常文集，予未買藏

談何容易寫高文　風雨高樓聞雁群
懇苦行年未不惑　運斤塞上著奇勳

注：高文一何綺，小儒安足為，江淹擬魏文遊宴詩。李善注引陸機今日良宴會詩：日
　　高淡荷綺。玉谿生驕兒詩：爺昔好讀書，懇苦自著述。
編注：風雨樓詩文集，作者李守常，即李大釗先生。

喜讀張華年譜

牧羊何事竟躬親　生小家貧識苦辛
塞上風雲應見慣　急章嵇叔夜之倫

送春

四月人間草木榮　　蟄蟲略似嫩芽萌
雞鳴麥熟酒醇美　　犬吠桃紅雨乍晴
沿水松檉長日綠　　指星兒女大堤行
暗香一片花時節　　暖意池塘夜廢檠

注：拾遺記：胡中有指星麥，四月火星出，麥熟而獲之，用水漬麥三夕，平旦雞鳴而
　　用之，俗人呼為雞鳴麥，以之釀酒，醇美。

追悼守常李先生

西域移植安石榴　　謊花常落靜中秋
認真若比天真好　　弄假須過婦假柔
花樹悲吟春季暮　　樂亭最號果兒稠
神州風雨樓頭客　　不及牧羊海上囚

注：假婦人，見樂府雜錄。即今所謂男旦者是也。

答扶餘老人贈詩（舊作、偶覓得）

天地不仁人可羞　　多文為富更多愁
讀書歐九好之類　　玩世東方奇一流
黃葉青苔秋水暗　　白衣蒼狗晚霞稠
每因宿疾破岑寂　　等視浮雲綴浪遊

注：附老人手書詩稿：「戊戌夏，予匏繫檔案館，遇朱君，領袖群彥，暇即沉吟，警
　　句有：紫禁城中翻故紙，天高日麗聽鷹鳴，確切不可移易，足徵才思。友誼日
　　深，常相倡和，昨承以棗樹吟見贈，灑脫可愛，爰書此以志朱君之才氣縱橫。

　　　　　　燦爛才華世故深　　高情遠識更多文
　　　　　　可憐宿疾詩彌麗　　每念斯人欲罷吟

　　　　　　　　　　　　一九五八年孟冬，燈下，其軍敬贈。」

老人姓張，遼寧人，通俄英語。

長夏

滿城夢意馬行天　　長晝人稀榴欲然
和寡曲高悲鳥渡　　斛低唱淺歎龜山
綠園小舍蛙初寂　　荷葉香多花更鮮
鳳子飛時災變亟　　春婆醒後日將殘

注：長夏獨遊三貝子花園，少年時最樂事也。時園已荒蕪特甚，惟荷花益可觀。
編注：亟，方言，愛也，讀如器。

偶記慧遠語輒題一絕

吼虎溪邊開笑口　　白蓮社外偶攢眉
磁鍼俱是無情物　　合二一之論尚卑

注：慧遠云：順境如磁石遇鍼，不覺合為一處，無情之物尚爾，況我終日在情裡做活
　　計耶？
編注：鍼，「針」的本字。

小結

一無刀劍看鼻浮　　更聽無腔信口篍
來者難誣且淵嘿　　知心惟幸被蒙頭
頻年腱淚天開眼　　八月星槎客犯牛
浩劫之中成小結　　五十三後丙丁愁

注：予少時受教於何炳松之堂叔、金華逸清先生，先生嘗為予推算，曰五十三歲以後
　　再議。今又過五載矣。
編注：何炳松，何炳棣之堂兄；炳棣為英誕先生少時好友，讀清華，後留美，歷史學
　　　博士。何朱二家世交也。何氏乃南宋理學家何基的後裔，浙江金華北鄉之望
　　　族。逸清先生乃何炳棣之父。何炳松青年時代以浙江省官費出洋，先後取得威
　　　斯康星大學學士和普林斯頓大學碩士，學成歸國，多年充任商務印書館編譯所
　　　所長，國立暨南大學校長，先後在杭州、北京、上海成為知名人物。

紀夢

輕陰天際是炊煙　戲贈而來非守閒
何必感時日將暮　最堪笑語柳三眠
過門不入懸蘿畫　吊月長留深谷間
慚愧浮生號無夢　無獨有偶不須刪

注：予生平善睡而少夢，惟此兩番耳。門而若中堂，奇矣，望月尤無謂也。

自慰詩餘波　二首

一、園葵極盛

老樹多陰葉密時　看花花有落紅飔
北風悞折南風翼　棄杖何如衛足葵

注：說文：黃葵常傾葉向日，不令照其根，又名衛足葵。

二、醜枝唸

枯木竹石等醜枝　老衰無復夢華芝
羅丹韓愈東西士　要是屠龍枝進時

注：按，韓愈文不如詩，韓文載道，又爭正統，最覺語言無味，面目可憎。詩則與孟
　　郊爭奇鬥妍，化腐朽為神奇，以醜為美，或比作西方雕刻大師羅丹，今日之藝術
　　觀也。唐宋韓蘇二門，俱當以詩論，堂廡大開，史添佳話，吹毛之士知其一不知
　　其二之過耳。

甘苦

半生甘苦是詩篇　脫手彈丸須佩弦
閉目得之張目失　低眉後而掃眉先
後來居上閒習嬾　先入為君健是仙
風雨雞鳴聞甚喜　詩情一似足音顛

春知

東山樂府最豪雄　知愧春知到無窮
草未秋分聽雨雨　子非我耳任風風
鬼頭果是獨行子　焦屋真須特立桐
世換不學又沒術　仙成詩在百花叢

注：予少時酷喜青玉案一詞，嘗倩人寫條幅懸於齋中二十年而迄無更易，並以「春知」為詩草題名。

虞道園詩：詩是仙成隨世換，學如春到只心知，亦春知典故，作《春知草》題記時偶忘之。七句用陸坤女士語而反其意，亦以戲之耳。

深居

寄跡麻中小巷蓬　梅根老屋夢縷空
曉窗花美忍沉睡　滄海閨深不掃紅
一片豈真乾淨土　半生那得斷枯賊
日從此出此中落　鴉噪西斜嘯谷風

注：予家古城，移居四次，惟祖家街最久，所居蓋明末祖大受之舊址，嘗掘得石對頭數枚。

曹植七啓：猛虎嘯而谷風。

默契

默契蕪城雨散茶　　江湖相忘莫相嗟
幽微㿷語對蹲鷗　　飛曼陀羅吟絮花
真止多情藏海角　　猶存知己寄天涯
長愁養疾無邪思　　日暮爐邊詠日車

注：北京夏日郊鎮設茶攤，一布蓬若傘然，曰雨來散，名稱頗新而雅。
　　㿷語，㿷音藝，瞑言也。徐鉉云：今人謂夢中有言為㿷語。曼陀羅，白華，此云意
　　適，見《佛爾雅》。按，沈曾植長短句題作《曼陀羅㿷詞》，民十三年商務出版。

再詠雨來散

野趣從來靜少譁　　蕪城兒女過家家
雨來散果新中雅　　酗酒何如且品茶

注：過家家者，都城小兒女以玩具作嫁娶鼎烹各事，仿效成人，或本所聞見出之，
　　旁觀者不當觀其所忽，只其性分，蓋兒童世界別具一天地，容不得絲毫魯莽滅
　　裂耳。

看雲作戲

屈原騷賦繼難為　　五柳詩文宜獨奇
自昔疑鷗存碧海　　本來夢草長春池
何妨韻律坤乾倒　　不易陰陽上下移
舟子觀風烏一點　　晚雲萬變太迷離

注：海藏樓詩：坤乾妙用韻，詩後附呂洞賓詩：梅花玉笛吹江城，春滿蓬瀛醉上仙，
　　我為蒼生流盡淚，更無良法轉乾坤。

讀書贈琦翔

文武當典伐吊事　　夷齊不廢採薇歌
淵明白也人三影　　慧遠羲之各一鵝
便有劉伶稱少少　　何妨韓信將多多
知不如無乃可讀　　等閒十室是山河

注：近年來琦翔已下臺，乃享有讀書之樂，便當日新月異相待耳。

無題

窗前藥草作花看　　天遠江湖一抹巒
狡窟未成九折肱　　荒山惟有半殘檀
絡新娘美開三面　　茉莉花香簇卐欄
夕照點金作胭粉　　邊城黃土不曾乾

注：絡新婦：蜘蛛類，大而美觀。腹圓如珠，有黃白黑色環紋。張大網於高樹，為車
　　輪狀，捕昆蟲為食。
　　史記殷本紀：湯出，見野張網四面，祝曰：自天下四方，皆入吾網。湯曰：嘻，
　　盡之矣。乃去其三，祝曰：欲左左，欲右右，不用命，乃入吾網。諸侯聞之曰：
　　湯德至矣，及禽獸。
編注：卐，梵文，本不是文字，是佛教如來胸前的符號，意為吉祥幸福。唐武則天長
　　壽二年，權製此字，音萬，謂吉祥萬德之所集也。（唐、慧苑《華嚴音義》）

破燈虎有感　二首

一

隱語凝香若有光　　此生揭曉慢何妨
憑君獨坐適殘月　　珍重人間入夢鄉

二

虎視眈眈燈發光　　念家山破語彷徨
清吟相間不容髮　　夢破人間有謬荒

題魏源陳沆手寫詩稿

革命文章溯魏冀　　至今西北奪天工
釋言言語蟲和病　　比興箋來有不同

注：定庵釋言詩：木有之彰曾是病，蟲多言語不能天。
　　陳沆《詩比興箋》，書中頗多穿鑿，錢鍾書先生引吾家先祖《詩傳遺說》一，有
　　云：「陳君舉兩年在家中解詩，近有人來，說君舉解詩，凡詩中所說男女事，不
　　是說男女，皆是說君臣。未可一律。」

水仙詠

桔樹剛能渡一淮　　水仙魂魄屈原載
銀台金盞精良甚　　稀客重來袖拂埃

病中答客問

漫云詭論物難齊　　億兆化身花滿堤
春困春愁牛借力　　雲輕雲重絮沾泥
烏絲將浣雲千丈　　紅蕊成旋雨一犁
日日思君非遠志　　夢遊城裡畫休驢

注：粵諺：春日人倦為牛借力，言以行田也。見《掃葉集》。

乙稿　一九六七年冬

早起飲茶偶作

殘月如新墮於畫　　故人今已到黃河
孑然行已猶孤注　　卓爾採薇存一和
收視春回來夢蝶　　停鋤日暖佇冬坡
青山一抹杯湖在　　海上金魔女戲波

注：禮記：一者心也，人心本一，至和存焉，所應之情不一，故惟精審，一以定和。
　　魔女：見馬鳴傳。
　　冬坡：司空圖詩：冬暖坡生筍。

自題《梧湖集》（丙午丁未手寫詩稿）二首

一

入海移情真一願　　射潮築版美千心
慚無揮灑推敲手　　但飲梧湖誦酒箴

二

竹桃紅白雀常過　　畫寂耽詩不作窩
小飲梧湖一口水　　多磨誰與送雙螺

注：法馬拉梅詠中國茶杯，蓋民間工藝小畫耳，然梧湖之稱乃一語勾勒而出矣。此新
　　典也，非元結故實。又按，予曩草古文明史小錄，飲茶其一事，久而不忘，借此
　　得以命集，亦可喜也。然於韓濤蘇海，則豈不知慚愧耶。
編注：梧，音杯，同「杯」。

夜深不寐　　冬至前二日

即事多欣非避世　　人間惟是夜相侵
清吟覓苦燈驅夢　　白日無人菊愜心
最重典型薛浪語　　不堪流俗倪雲林
身心交感閒情賦　　九願必違直到今

注：自此起，以下注釋從略。

乙稿　一九六七年冬

觀我生吟

少年無謂接飛鳶　壯歲寧沿綠靜淵
上上如挖鵑首仄　殷殷似滾日輪圓
摒除絲竹耽山水　反聽哀心返自然
今吾中途愁日暮　樓高避捨得天寬

注：南溪始泛，傍舟南山下，上上不得返。又，久聞有水石，挖舟入其間。

欲畫神樓命名曰聽秋

中衢猶可設芳尊　退聽何妨畫掩門
庾信由來千種意　蹬樓亦是一桃源

注：淮南子：聖人之道如中衢而設尊，使過者斟酌，各得其宜。
　　予家舊有小樓二，曰審影，曰碧雲，辛亥間已作劫灰。庾信詩：由來千種意，並
　　是桃花源。聽秋亦神樓而已，然於願已足矣。

聽秋樓夜坐

春生夏長到胡繩　　碧草如絲夜夜增
末世深文瓜蔓染　　閒庭長日豆花憎
樓高深喜扶疏樹　　夜永方明耐久燈
等是如魚知冷暖　　如愚願作聽秋僧

注：齊民要術，豆花憎見日，見則黃爛而根焦。

題日本嵩山堂本五清集

釋手仍當置案頭　　五清如鼎尚何求
言愁早是無心者　　世有說秋我聽秋

注：陶集及王孟韋柳，近藤元粹評注。

有贈

羽豐屬玉慰牢愁　　有為長征跨紫騮
一色沙平成跋涉　　多明窗小足閑休
讀天問頗難應對　　觀我生真欲斷流
猶得夜深盼琯朗　　燭殘淚熱聽秋樓

注：漢書宣帝紀，屬玉觀。晉灼曰：水鳥，似鷁，名觀也。
　　易林：小窗多明，道理利通。
編注：琯朗，星名。女星旁一小星，名始影。傳說於夏至夜祭始影，得好顏色；始影
　　　南並肩一星，名琯朗，男子於冬至夜祭琯朗，得好智慧。琯音管。

戲題小絹照片

裹糧半日朔風吹　　塞上人多射虎姿
已到長城充好漢　　何時可讀五言詩

注：在長城上攝。丙午暮春下浣隨渠遠足時攝。

四時

不見丹黃筆幾枝　　聲名翻覆各陳辭
生平迄未營三窟　　身後將應歷四時
虎虎狂風冬掉尾　　陰陰古木夏支頤
千秋一個林和靖　　靜寫無春絕世姿

編注：支頤，以手托頰。白居易除夜詩：薄晚支頤坐，中宵枕臂眠。

再嘲風異圖詩

少小傳聞龍治水　　昌黎要是未移情
戲珠舞爪驚人語　　微禹其魚文甚明

注：鄭孝胥圖，陳弢庵詩。
　　老杜語不驚人死不休，蓋自說語，而古世今來，舉世稱之不已，噫亦驚人過甚
　　矣！嘗為文搭之。又，孟子捨我其誰，究其實，不過神經病耳，何異之有？海藏
　　樓詩亦有合作處，然大端則未免昏黑，陳弢庵乃為題此種惡劣畫圖！九一八事變
　　前之，史無過此者也。

煙郊

煙郊昔日聽涓涓　　此夜洗心澤腹堅
萬折必東潛海內　　一啼初白到桑巔
倒裳鮫女留珠客　　細畫麻姑擲未仙
不待雛鳴到寒舍　　葵鄉雖有不能然

注：燕郊，蓋煙郊之訛。

　　禮記，腹猶內也。達於內，非特水面而已。

　　荀子，宥坐，其萬折也必東，似志，謂水也。

　　淮南子，鳥力勝日而服於雛。雛禮，鷺時晨鳴人舍者，鴻鳥皆畏之。

　　葵之鄉，日雖有明智，弗能然也。

編注：雛禮，鳥名。雛音追。

重讀冒廣生補箋後山詩

獨坐數晨天馬生　　病來今夕到參橫
著書苦雨簾閒晝　　旋覆盜金花滿坪
夥頤精思欵乙乙　　紛披妙理獲庚庚
嶺雲月落猶相待　　喜聽深宵雁代更

注：後山為參寥集作小序最可讀。

　　天馬，螳螂別名。爾雅，蟷蜋，世謂之天馬，蓋驤首奮臂，頸長而身輕，其行如飛，有鳥之象。

　　旋覆，如菊，故曰盜秋。

　　精思乙乙，妙理庚庚，黃仲則文。

　　翁方綱云：予亦不著一語，欲與之相觀於深處。見後序。

與洪稚存書：更欲足下多讀前人詩，於庸庸無奇者，思其何以得傳，而吾輩嘔出
　　心血，傳否未必，其故安在。
編注：旋覆，即旋覆花，多年生草本，菊科，葉如大菊，八九月開花，圓而覆下。入
　　藥。參閱《神農本草經》三。

夜讀兩當軒殘文覺甚可喜

白袷少年解寫憂　　卻拈枯筆制剛柔
兩當軒裡愁如海　　深處相觀日照樓
寒更夜雨不識愁　　傳否得傳語似驪
共作兩當軒裡客　　一燈如鷗坐齋頭

朝霞

寒鴉帶影噪岩欀　　山氣從來日夕佳
牧馬當驚沒石羽　　聞雞可作見羊豽
進夷用禮則中國　　大夏共和而泰階
一片朝霞萬花谷　　奮飛不計逢陰霾

感春

積陽朗朗燕飛揚　　百日堂堂柳線長
天若有情人定勝　　我方息影自勝強
相思蓄意君真忍　　窅寐微吟草不黃
清畫花開美清夜　　一星如月看天狼

注：史記，人定勝天，天定亦能勝人。
　　反聽曰聰，內視曰明，自勝曰強。
　　任昉：朝發富春渚，蓄意忍相思。

撿視兒時所畫牡丹中堂有感

美人清夜不呼燈　　妬煞春衫銅綠裙
朱槿幾曾到今夕　　可憐無夢寄朝雲

憶武昌故宅

釣客題詩真好勝　　登高未可獨登樓
長江萬里招黃鶴　　一月三遷涉綠洲
人辨仙禽人寂寂　　共看雲水共悠悠
我家舊在圖中住　　午夢無邊蝶也愁

夜來香

鄰里郭老贈木本夜來香一株、枯死、賦此志疚

莫與人間作典型　　當年衫鬢兩青青
花香馥郁半成夢　　人老精微一似星
命筆真當才思極　　吟詩未耐秋心謳
未然燈且樓頭坐　　彷彿聽鴻滅燭親

遊山

人天哪得不相干　　今日相攜鳥唱歡
碧水潺湲誠可樂　　玉蘭白紫盡足觀
通身夢矣何須說　　一路行來無意看
急似下坡紅日落　　著鞭不及拂枝妍

鄉愁

鄉音不改枕寒流　　沉者自沉浮者浮
山水清虛難自適　　梅花香遠動鄉愁
今來古往耽冥沒　　物是人非倦遨遊
常記夢中安樂處　　滿床明月聽啾啾

乙稿　一九六七年冬

隔牆青榆伐去

桑榆自號作青榆　　伐木丁丁可愈愚
早質人天常默默　　難齊物論盡區區
槎枒四幹逢柯斧　　孑孑一身守朽株
愛樹何曾留片影　　極哀濃蔭一枝需

注：舊作。予有小文：〈記青榆〉、〈記青榆補〉。

悼鏡明

早栽桃李播餘芳　　何苦取魚戀野塘
自是詩家有嬌客　　行年不隙捉迷藏

注：鏡明為王桐齡先生快婿。
王桐齡先生於盧溝橋事變後，曾發表愛國詩章多首，憶仍保存。鏡明於病中每日侵晨赴郭外撈取魚蟲，病勢因而增劇，丙午間遂不起。

城中謠

城中謠裡聽殘鐘　　三月江南夢曉鶯
為眼一春不計腳　　西山驢背看花紅

注：盧溝橋事變前遊西山香山者多騎驢代步，余每笑之，今則腳力已盡，乃思念之矣。

答紋女問

何當滄海變桑柔　猶聽螻蛄叫翠疇
閉闔陰陽傳鬼谷　縱橫上下說神州
花間留照因尋夢　扇上畫牛好聽莢
睤睨張蘇過如鯽　小樓依舊寫春秋

感舊

碧雲寺憶灞橋驢　難得花紅四月初
今日山陽誰擵笛　昔時河畔我觀魚
北朝庾信園中老　南國莫愁湖上居
亂世斯文應掃地　紛絮已是到關雎

編注：擵，以指按奈。擵音夜。

寱語　遊仙

無真非夢宥情癡　貫注餘生似沈達
晝夢成熟連夜夢　晚曦既暗待朝曦
枕邊月落掀舟舞　陌上蝶飛逐草騎
寱語溫馨聆善道　貴身始不強吟詩

編注：寱語，囈語，寱音囈。
　　　沈達，四通八達的道路。沈音掩。

乙稿　一九六七年冬

再賦遊仙詩

辜負韶光又一年　　未能行樂賦遊仙
烏雲方蠱失愚坐　　紫燕將銜益智仚
不食黃魚緣不買　　當斸濁酒此當乾
欣欣草木覺萌動　　詩是靈泉滴滴涓

編注：仚，音先。益智，植物名。

跋（甲稿、乙稿）

　　《風滿樓詩》兩卷，近十年所作，嘗題作《習嬾庵詩》。習嬾者，蓋新典也，早年讀傳裡門之諷刺，謂「自由詩」可名之曰「嬾詩」，是也。然此畫家事，錢舜舉家有此齋，且以為號：不得借用。

　　謂詩者，多是遊戲之作，七律有意戲為同光體；苦吟閒適兩非，僅可謂成年人之玩具，猶之乎積木，去創造與藝事益遠。

　　司空表聖詠白菊云：自古詩人少顯榮，逃名何用更題名，詩中有慮猶須戒，莫向詩中著不平。此大雅之音，予茲愧矣。

　　　　　　丁未臘月下浣，記於北京之彌齋，朱青榆

丙稿　一九六八年

戊申（一九六八年）

前記

　　雜詩原兩卷，最初，偶有所得，以七絕為主，略記瑣事，期以自娛而已。其弊在於跡近雜事詩。續編則多戲筆，以七律為多，稍存典實，意在競技，其弊得無為玩世之變態歟。丙丁既過，度可得浮生之閒，仍擬效法前修，藉以補過焉。書之以時日。朱青榆，自記於北京彌齋，戊申正月上浣。

戊申人日立春　二首

一

鳳狂龍躁過三冬　空谷幽蘭尚待風
月黑星稀窗下立　何時似海看飛紅

注：二時零八分立春。
　　韓冬郎詩：爐炭燒人百疾生，鳳狂龍躁減心情，予嘗以為能道出富貴人家之深
　　處，如聞哀挽之歌。

二

萬人如海一身融　暖意春來夜夢中
花草江南成異國　萌芽嫩綠出微蟲

上元卿雲來談口占二絕重以為戲

觀碑此日等甘茶　寶晉欽君向一隅
墨汁一池濃或淡　挑香無邪盡屬朱

楷書錄劃朝鮮史　鐵畫銀勾數夕晨
雁尾蠶頭俱耐目　寢碑駐馬桂薑辛

注：卿雲耳聾，又腎炎病勢不輕，甚少外出。喜看帖而不多執筆。
　　予嘗紹介卿雲入檔案館，卿雲自江蘇京劇院退職歸來，重複入館，與其他三老合
　　寫朝鮮事蹟，裝潢成冊，應朝鮮政黨之請也。
編注：卿雲，即李卿雲，書法碑帖鑒定專家。朱英誕友人。

憶金華何慕燕

竹馬相追又並行　嬉遊既罷入書城
對床夜語還聽雨　安枕鐘鳴復月明
回憶兒時天地闊　重來裡巷道心深
秋哉一葉迴旋落　海角蒼岑便持生

注：炳棣原在清華大學，事變後，於燕大研究院借讀，研究歷史。其後迄無音問矣。
編注：何炳棣，一名何慕燕。朱英誕童、少年時的好友。何炳棣一九三八年清華大學
　　　畢業，一九五二年獲美國哥倫比亞大學英國史博士學位。後獲選為臺灣中央研
　　　究院院士、美國藝文及科學院院士、中國社會科學院名譽高級研究員，美國亞
　　　洲學會會長、芝加哥大學歷史系湯遜講座教授等。何氏長期研撰中國史，成就
　　　卓著。

桂林雜詠　八首

一

玉簪羅帶本來殊　獨秀山岩好讀書
黨籍莫論碑碣在　只因地大耀明珠

注：韓愈詩：江作青羅帶，山如碧玉簪。
　　獨秀峰，桂林諸山主峰。
　　劉宋顏延之在獨秀山辟讀書岩，獨秀山名始於此，距今千五百餘年。
　　龍隱岩中有元佑黨籍碑，原刻於崇寧四年（一一〇五），翌年毀去，現存者為慶
　　元四年（一一九八）重刻。

二

一千五百年前事　金帶紫袍霞散餘
各道神州真地大　東南山水作明珠

注：獨秀山一名紫金山，清張祥河題曰「紫袍金帶」於岩外崖壁間，蓋朝旭晚霞，景
　　狀如此。

三

不管人間抑仙境　枕山枕水足高眠
明珠薏苡浪分雪　飄去隨波任往還

注：伏波山還珠洞。伏波為馬援將軍字，以名山也。
　　明俞安期：高眠翻愛灕江路，枕底濤聲枕上山。
　　馬援戰交趾，以薏苡被堪察，以為搜括民間珠寶（傳說）。

四

看山看水二百里　天馬行空酒壺空
著個人人能自畫　側身指默畫山峰

注：米海嶽嘗畫陽朔山水圖。又，其自畫像在還珠洞，最為名貴。
　　畫山、天馬山、酒壺山，均為勝境。駱駝山原名酒壺山，以雷酒人得名，酒人名
　　鳴春，著有「大文參」、「桂林田澥志」，述明末清初事，被列為禁書，久已湮
　　沒不傳。
　　畫山形若九馬，各具姿態，天下之奇觀也。

五

惜羽鶬鶊在上游　愁飛落上婦人頭
驂鸞著錄石湖老　帶似長河繫悶秋

注：史記：使長河如帶。
　　石湖帥桂時，著《驂鸞錄》，取昌黎詩：「遠勝登仙去，飛鸞不假驂」。
　　東坡詩：繫悶豈無羅帶水。
　　昌黎詩：戶多輸翠羽，翡翠羽也。禽經：翡翠背有彩羽，狀如鶬鶊而色正碧，鮮縟
　　可愛，飲啄於澄波迴瀾之側，尤惜其羽，自濯於水中，今王公家以為婦人首飾。

六

岩洞從來說鬼斧　天工人代世間無
予昂至此當低首　奪目畫山九馬圖

七

馬蹄遠近舊馳名　虎嘯辰峰佛手新
紅豆樓前垂釣者　楊梅山下說殷勤

注：魏家渡荸薺，遠近馳名，俗稱馬蹄。
　　辰山一名虎山，五峰孤立田野中，如碧玉盤托翠玉佛手。
　　雁山碧幽湖東岸楊梅山下，古紅豆樹，婆娑參天矣，猶每三年結實，殷紅鮮麗，
　　珍品也。

八

區區文字幾成確　維谷艱難進退中
驟雨急風晴似夢　何時美女照青銅

注：跋詩。原三首，補三首，再補二首，不欲繼作，作一跋以了之。
　　螺絲山後群峰中，一大山如女郎，西一小山如鏡，曰「美女照鏡」。

原跋：戊申上元日，以家事來訪受全，受全臨時有事他往，獨處一室，閱案頭小冊子
　　過半，偶題三絕句，用破岑寂，殊無謂也。
　　上元後一日晨，受全來告，被疑，拙作小詩亦被持去，十七日復來，已被調
　　查，十八日復來，乃云事已過去。其語惝恍，殆不可信。拙詩本毫無可取，然
　　以此，乃不得不保留，自加箋注。戊申上元後三日，補記於北京彌齋。
編注：受全，即陳受全，朱英誕夫人之兄弟，吾輩呼為小舅舅。

自嘲

好春元夜月輪高　去歲秋雲空自豪
香草美人愚可失　嗤君無韻賦離騷

注：去年中秋雲遮月，而今春上元月色皎然，農諺不應典，遂為兒女輩所嘲謔，然可
　　笑者止此耶？

懷明清檔案館同仁

空文十載證無能　病免真思聚散頻
紫禁黃昏悲迫隘　參天松柏未足憑

注：戊申雨水風中作。

　　司馬遷報任安書；思垂空文心自見。

　　司馬相如病免，遊梁；又：惟彼大人，居於中州，悲世迫隘，於是輕舉，乘虛無，超無友，亦忘天地，而乃獨存也。（大人賦）

戊申春正初九日訪卿雲評碑戲贈兼示子忱

洛神賦裡辨嬉飛　此日評碑論造微
海嶽自然誇乳線　子昂過分演青衣
看朱不識赤心木　塗墨那如白地圍
數紙蘇黃書牘在　圓桌何可缺豬豨

注：卿雲舉海嶽東字、子昂殊字，謂其勾法神似蘭亭。然子昂誇張，鄙意有若梅程尚荀之搬演青衣也。又，朱（殊）字木部，不當有勾。

　　予家藏十二行真跡，項子京遺物也，張船山跋；康乾以來名家名章甚多。然予殊不喜獻之楷書。

智浚兩甥去後感賦

二月三日燈下作　傳綵之小嫂去冬病歿

蒼蒼原是積陽成　無可號咷踵聖明
五柳溫存迎稚子　三眠放蕩近流鶯
旗飄風日村醪味　夢扯衣襟野店情
慈母何能知美政　守株長夜暗長檠

注：首句陳弢庵之句。案，弢庵孫女陳萱曾與予同事，予甚愛其風格之溫潤，分離時
　　嘗贈小冊子二種。近偶與鄰里閒談，知有戚誼，因憶舊事，屈指已十五年矣。偶
　　用弢庵舊句，憶舊事，亦巧合也。
編注：智浚甥，即陳啓智、陳啓浚，小舅舅陳受全之子。

讀稼軒絕句漫成

挑燈無劍作琴伴　仔細且看句短長
尺八傷殘緘口未　壁間高掛莫須藏

注：舊有尺八一枝，為兒輩玩弄破裂，然至今猶存。
　　附錄稼軒詩：與傅岩叟：莫邪三尺照人寒，試與挑燈仔細看，且掛空齋作琴伴，
　　未須攜去斬樓蘭。

憶曼殊尺八詩

瓶缽當年過野橋　等閒尺八聽吹簫
櫻花如海如潮日　春日重來霧似貓

哀東鄰　二首（俳諧）再用蕭韻

一

鄰簫雖好大音消　原子空能草未凋
海上巴人齎志歿　飄搖風雨到今朝

二

尺八簫聲早寂寥　世間空有霍嫖姚
愛侖尼已無人識　何可閒看《我是貓》

注：《我是貓》，日本夏目漱石著長篇。魯迅受漱石影響較深。

悼景宋夫人

欲扯長鯨病未能　十年海上伴參橫
春冰虎尾何妨踐　大賦梅花許廣平

注：報載三月三日（二月初六）許廣平病逝。
　　三日晚文化界如陳伯達、江青、姚文元（詩人蓬子之子）等前往許家表示悼念。
補記：越國會有電唁，在中國的國際組織代表以及在北京的外國朋友昨今曾到醫院弔
　　唁。廣平先生遺體已於五日下午火化。
　　九日四姑來，謂嘗在常家與景宋夫人同住，並偕至北大看夫人演「烈士碑」，
　　其時蓋一九二三年。同住時，為諸學妹打洗腳水，備予照顧，頗多感念。
編注：四姑，朱英誕先生之四姑，一生從教，終生未嫁。解放後為天津市優秀教師。
　　吾輩呼為四姑爺。

跋：以上絕句五首互有關係，略記於下：三月初偶讀稼軒一絕，寫尺八詩一首，由尺
　　八想到日本，又想到蘇曼殊、魯迅，乃又成三首。四日，報載許廣平病逝，漫
　　成二十八字，此則非由前詩而來者。予寫詩大抵為偶興、雜興，不盡由於實在，
　　然才寫及魯迅，驟得景宋夫人噩耗，何其巧耶！嘗擬草魯迅年譜，願即今成為事
　　實，因為之記。
　　七日深夜著手，九日午譜成，命曰「經冬歷春」，九日補記於燈下。

象山

灘江霧薄片帆輕　無數山巒浮水青
瓶塔猶存哀劍柄　只今神象尚深耕

注：神象背上瓶塔，云即天帝殺人之劍柄。普賢塔一名瓶塔，或呼劍柄塔，依其形
　　狀也。

神象死而身立，變作石山，即象山。象山神話故事最為可誦，茲不能贅述；詩僅能略作歎詠耳。

雪獅嶺

萬千氣象接無暇　攬勝八方靜毋譁
彷彿一身全忘我　朦朧綠野住人家

注：昔賢詩云：羅帶縈迴雙水曲，劍鋩飛插萬山孤。按，嶺之特色不僅在其自身優美，尤在於能收攬四方景物，包羅萬象，氣勢浩然。

鍾靈山八洞

風戶雲梁俯仰中　鍾靈山水碧蔥蔥
人心好似仙人洞　時暗時明曲曲通

注：徐霞客：八洞通明，勾連曲暢。

曹鄴讀書岩

陽朔峰俗呼羊角　山風拂拂暮春時
殘書落似殘花落　羨煞晚唐老圃詩

注：陽朔峰形似羊角，俗呼羊角山。

附錄一，曹鄴詩：邵平瓜地接吾廬，穀雨乾時手自鋤，昨日東風欺不在，就床吹落讀殘書。

附錄二，解縉詩：陽朔縣中城北寺，人傳曹鄴舊時居，年深寺廢無僧住，惟有石岩名讀書。

點燈山

三里陡通誇極盛　一燈遠照厭名關
藏書待曝猶明志　清畏人知且莫攀

注：陡里即靈渠，三里陡，地名。

點燈山得名於處士陶，隱居山上，厭惡名利，讀書明志，長夜書聲，一燈遠照，數十年如一日，其節操如此，人因稱為點燈山。

飛來石

三將軍墓四賢祠　分派湘漓任所之
一自功成渠活活　至今石勢說飛辭

注：張、劉、李三將軍，秦史祿、漢馬援、唐李渤和魚孟威四賢。

古嚴關

古嚴關內多寒雪　南雨飛飛諺語親
獅吼鳳鳴通一線　城樓守望羨行人

注：關在獅吼、鳳鳴兩山間。

嚴關，又稱炎關，關外即桂林以南多雨而炎熱，關內即興安以北多雪而寒冷，寒熱以嚴關為南北界限，諺語云：北雪南雨飛不過，是也。

伏流

餐霞飲乳越伏流　雲駐雷噴曠復幽
勝絕湘南州第一　虛明無限石佛頭

注：飛霞、駐雲、噴雷，上中下三洞。

駐雲洞內遺有清初石佛六尊，石崖有范石湖等十八人合刻題名。

半邊渡

哀極懸崖媳婦娘　雙船鑼鼓鬧鴛鴦
江流頓息忽南折　不覺滔滔迷路長

注：渡在陽朔縣界。

新娘岩，本作媳婦娘岩，有傳說。

雙船、鑼鼓、鴛鴦，皆灘名。

再題元佑黨籍碑

春夏秋冬足四季　崇寧不是慶元年
少游已死蘇黃在　莫怪詩多石作箋

注：原碑於崇寧四年（一一〇五）頒刻天下，翌年又下令毀去。目前所存係慶元四年
（一一九八）重刻，距今七百六十年矣。大苗山別有一塊，嘉定間沈暐重刻。按
元佑黨籍碑為我國最珍貴之歷史文物。碑中秦觀名下右方有故字。詩狂石作箋，
宋人詩句，不記出自誰何之手矣。

龍隱奇跡

龍隱岩間睡復醒　歌仙曾此翠眉顰
贊間嬾婦驚蟲夜　破壁飛騰猶自嗔

注：歌仙劉三姐嘗勸說嬾龍，責以大義，隱龍一夕破壁飛去。

南溪新霽

南溪新霽彩屏開　為問閒人來不來
我臥欲眠多寤寐　夢遊無路幾時回

注：戊申春正偶題桂林山水小冊子，僅三首，後補作六首，再作十一首，計共廿首。
杯湖水較風吹縐一池春水何如？然杯湖豈極樂湖耶？蓋難言矣。仲春下浣，北京
彌齋。

煙海

煙海茫茫四望空　一燈傳我劍南紅
平生豈敢壓元白　猶有淵明求大同

注：予生平於陶、白、陸最多親切，蓋家訓如此，亦所自得，此不可備述耳。

大雨

大雨伏花午夜過　由來朱紫不同科
陶陶孟夏容春在　石隙怒生草一窩

憶實竹坡詩句偶作「才到花紅已暮春」

一

又見西山花落紅　故鄉彷彿海難通
暮春仍是江南夢　池畔時聞草長聲

二

暮春三月殊非夢　仍在鶯啼花笑中
燕北江南紅偶落　綠窗如海白鷗同

戲演唐俟詩（答客誚）

不為棋超憐暮子　　情癡自昔稱英雄
將同徒宅哀彭澤　　可取談資效觸龍
白日心思過柳下　　黃昏鯨韻落寰中
權決忍性非仁性　　志在移風別古風

注：觸龍說太后事。予少子緗，年十一，善圍棋，多勝而少負，予殊不以為可喜。
　　辛棄疾本傳：惟大英雄乃大情癡（大意如此）。
　　予中年以後，以嚴父而兼慈母為人所誚，然自知決非婦人之仁或母性政策，故不
　　與辯。門人亦多以予為親如母者。又，予少時遇鄰里老者，謂是男人女相，今則
　　老醜不堪，一切將化整為零，是是非非，全不計較矣。

題魯迅雜文

誰謂西施曾沼吳　　昭君出塞木蘭趨
楊妃有伴聽詩樂　　褒姒能獨玩火娛
但願阿金非阿Q　　不堪吹劍濫吹竽
紅男綠女春彌永　　天地無私花笑予

注：見《且介亭雜文》阿金。

春陰

春陰驟覺曉涼侵　　四鼓雞號每不禁
笑疾何曾聞落水　　啼聲豈可曰含金
夢成去後禽方噪　　花未開時香已妊
日出東方紅似火　　江南猶待故園心

追和郭鼎堂「看三打白骨精」

莫愁白骨亂蓬蒿　　且盼黃雲凌碧霄
孰信人間已火滅　　君疑山下竟煙消
必無柳發屈程指　　那有猴頭惜羽毛
昔日偷桃嬉樹密　　今朝撥霧看天高

追悼聞朱兩先輩兼呈靜希先生

三十年前南渡人　　存亡各半莫傷神
得江山助詩文好　　慚愧寡聞見未曾

注：日前琦君來告云，白騎先生無恙，因口占一首，以志歲月。蓋盧溝之役，紛紛南
　　行，予則未越郭門一步。昔巴哈終其身不出鄉里，雖不足為訓，要非奇事耳。此
　　倘歸奇，則人間盡屬傳奇矣。

城中

城中不若鄉村好　只為空間得月觀
深巷有花聽叫賣　虹穹鮮麗雨潺潺

嚴瀨

一顆新星犯座星　世間何處有嚴陵
品茶在口甘如飴　吐水於瓶寒似冰
俗每喜呼收縴埠　人當冷對沉香亭
分湖感事生沿悮　南國詩家目可冥

注：用誠齋讀嚴子陵傳絕句韻。
　　嚴瀨，俗呼收縴埠。
　　分湖便是子陵灘，柳亞子句。

龍爪槐

掛冠已是五年時　蔽日東園鳳至期
百尺梧桐無陰復　不如龍爪兩槐奇

注：昔寓居景山東街三眼井，窗前龍爪槐二株，奇醜而可愛。

感舊

卅年鬧市若鴻荒　　偶有遊人說暖涼
田野詩流曾一唱　　畫廊哲派未全忘
名園烏夜啼楊柳　　靜水鳧晨戲鯉魴
道是秋應為黃葉　　人間寒冷菊初香

灌園

負物乘車何所之　　灌園已是十年遲
無邊撒種頻催騎　　擁被翻書慢誦詩
傾葉黃葵常衛足　　招風蒼桔早凝姿
五風十雨嫌機械　　豈待晴明始採芝

春鳥

二月黃鸝過碧空　　絲竹如肉大音融
秣陵哀仲家風在　　蜀道青蓮流派通
塘外清香雷隱隱　　樹間微拂雨衝衝
天邊一掠休驚異　　未必東方見彩虹

早起送小緗集體掃墓作

聞雞即起早行回　　結伴沿途天四垂
新月一鉤航向出　　紅星三顆指南來
山呼曾是經滄海　　瓶傾今當說玉杯
總為人間佳話樂　　傳奇並是笛聲哀

暮春欲填詞不成有感

有譜無文詞莫填　　春來花草落三邊
極思野火燒麟後　　偶得新泉煮雨前
回憶東鄰日驅騎　　願參西葦夜行船
一燈伴我推敲樂　　詩或如茶仰宋賢

風媒花

草木蟲魚信可師　　五千年史尚推遲
佩弦人在應歎惋　　渴望風媒花一枝

編注：佩弦，即朱自清，字佩弦，亦曾用作筆名。

題《信芳集》效呂碧城

薄暮香光凝晚裝　　早燈霧雪抑眉揚
三人行裡二人好　　四月花時兩履狂
碧浪連天搖荷葉　　橫塘對鏡照鴛鴦
談真浪漫真非假　　美善我則詠暗涼

憶村居景物

避人宿昔對山居　　平野明駝傲半途
揚子江心來宕雁　　桑乾河畔長蒲蘆
黃昏樹影歸羊羝　　綠靜溪流聚鷗鴟
鎮日光鮮過日月　　自然人事兩偏枯

四月六日作

追悼樂亭李先生

神州難唱海桑顛　　風雨一樓人未還
日上三竿煙火冷　　花開四照露珠圓
離騷身國雙難美　　恨賦存亡各不堪
不似茅廬絕低小　　既來君子目無全

注：四十年前此日李先生被捕繫獄，至廿八日，乃就義。其時予年十五，尚末返京，
　　故不能有清晰之記聞，風雨高樓，迄無築建，垂垂老矣，思之黯然。

四月六日夜再作悼詩

滄海白鷗萬里情　波濤風裡現飄篷
先知永葆青春美　後樂長憶晚節終
大道真當指掌麗　斜陽疑是見霜紅
九天折翼應思痛　一樣愛心有異同

靜夜思

三十年前夢　沉沉久未醒
窗中一晝夜　世上失青春
文藻早傳誦　夜思猶試論
人生千日醉　書卷萬花昕

相忘

江湖相識復相忘　一雨初涼葉便黃
三十五年出塞夢　百千萬語在文章
桑乾河上驚飛躍　古大都中耽酌量
宿昔蕪城招隱處　只今評論有湘江

燈下漫興

萬卷擁書有若無　少年習苦事長驅
白頭斂翼排雲殿　徒手經過打箭爐
南北東西何計腳　縱橫上下不需蚨
漫談霞客今非古　愧我流觀山海圖

注：綺純姐弟遠行相繼歸來喜而成詠。戊申初夏補作一首。

朔風

白及紅塵不自知　朔風胡馬盡披靡
等閒生死何足道　無那春閨海樣思

戊申初夏作

連綿陰雨過窗前　彷彿江南五月天
何事情懷常不展　盼遂兒女願籌邊

注：綺女願遠赴烏蘇里江。

淚

讀袁枚馬嵬絕句作

淚濕高花辭最真　詩家妙理句中魂
長生殿上唯私語　老樹村頭有至冤
容我歌之斑竹雨　憑誰畫作點山雲
銀河何夕濃於酒　一滴輕垂恨更深

懷廢名（在長春）

窗前蜂蝶憶兒時　病裡沉吟無告辭
不覺知間成老宿　已慚怍後斷新知
千山萬水思遷客　一葉一枝蔭吾師
潔癖於今方作繭　欽公破我又無私

低首

是日緣女冒雨遊行

草木初生春滿阡　凌霄花好夢如天
幾曾壯志愁風雨　偶或輕心愛白蓮
談笑如雲雲默過　手書有法法窮研
春冰虎尾知人哲　低首學詩海便填

耽詩

壁間猶掛一漁簑　愛喜談龍客尚過
一自耽詩謝人事　獻身如樹負藤蘿

五月雜詩

廿年金井斷知聞　尺練為天心自焚
鎮惡人生得快意　哀予五月作生辰

注：午睡枕上讀劍南詩：人生得快意，五月出長安，深覺悲哀，口占得一絕。
　　夏曆四月初十即西曆五月十五日為予生朝。五年前，亦於是□退休，時
　　一九六三年。

題林氏選評後山文集

商務版，林琴南紓

一序參寥憶尚真　丈夫深淺理清新
蘇門骨重白衣在　彭澤從來是赤貧

注：予少時喜讀後山詩，吾鄉冒氏補箋，尤所珍貴。參寥子詩集有後山小序，黃丕烈
　　云係抄補。或以為蓋是錢參寥東歸序，黃氏謂，並通考而昧之。後山序文頗清
　　奇，閱此本，有遺珠之憾。案後山調彭澤令，不赴，然人猶循例稱之。予意在後
　　山之骨重耳。見本傳。後山文以說理精微勝，最難得。淺丈夫，詩序中語也。

齋居雜讀詠懷

寫韻軒中事鏤空　　極高明裡道中庸
後山同病來寒夜　　仲蔚分心到亂蓬
寄古書尊枯淡筆　　懷新詩喜赤貧農
聞蜮未必可人至　　早是蘭花形似蜂

注：虞道園：寫韻軒記，評文簫彩鸞事，有極勝語，可為今之精神愛說作釋解。
　　高爾基：回憶珂丘賓斯基：「看吧，蘭花取了蜂子的形態。她想由這說明昆蟲的
　　訪問是不必要的。到處都是智性工作著，美活動著。」（此珂氏語）

夏至獨遊瓊島

扶疏夏木晝長時　　四點鐘開到未遲
冥色不來飛鳥去　　夕陽黃土勝胭脂

注：古城晝長時，晚九時天空依然清亮。
　　俗呼茉莉花曰四點鐘。

對月

夜窗望月遠風波　詩是雲煙遮眼過
心有常閑思夢寐　猶存短願不須多

注：鮑照：學陶彭澤體：長憂非生意，短願不須多。按，鮑照學陶體，在江淹擬田居
詩前，南北朝僅有此偶。

送綺女之虎林參加軍墾

守望烏蘇江上楂　籌邊有女髻仍斜
三千里路車三夜　廿四時間蝸一家
長夏郁陶行色壯　嚴冬寒苦客思遐
木蘭他日燈前影　雪著戎衣眼未花

注：戊申夏至前一日（一九六八年六月廿日，農曆五月廿五日）送綺女遠赴虎林參加
軍墾。六月卅日收到綺女第一函，云征途蓋四千里有奇（二三〇〇公里），然詩
已不可改。

長夏讀陶集偶作

陶詩一卷等甘茶　尚爾淹留伴玉壺
五十五年安蹇劣　一千一夜守彫枯
生平如願罕人事　居處違心少樹株
太息好風微雨過　鋤瓜空羨劍南圖

注：予酷喜陶詩，拜讀過四十年，亦惟此將終其身不去手耳。
　　放翁：臥讀陶詩未終卷，又乘微雨去鋤瓜，亦得陶之髓者也。然得陶之骨者終推
　　蘇州。蘇州又自有其細密粹美者，又當別論耳。

念綺女

七虎林山古戍邊　依蘭道上雪風旋
寓兵獻畝江干好　無際春冰亂翻鴉

注：時在虎林，虎林原屬吉林（？）密山府，改屬依蘭道，地在七虎林山南麓，今屬
　　黑龍江。
　　綺女來信，盛稱景物佳勝，因草此諭之。

朝霞

一片朝霞紅滿天　　城鄉無復待雲箋
彩圖地大心相近　　煙柳河深月自圓
十國春秋鉦默默　　八方風雨鼓填填
珠藏泉水襦寒冽　　不見朱羲木葉邊

注：暑中始多雨，諺云：朝霞不出門，暮霞行千里。老農經驗，最真而美者也。

或比我於秀容元氏即戲用遺山體草此諭之

黃昏吹短笛　　茫角識長庚
野史亭難構　　雜詩草易成
陶公屏頹廢　　商隱守幽貞
品格昔推重　　何須四座驚

注：李冶集序：「君嘗言，『人品實居才學器識之上』，吾與言亦謂，『天下事皆有品，繪畫圍棋，技之末也，或一筆之奇，一著之妙，固有終身北面而不能寸進者，彼非志之不篤，學之不專也，直其品不同耳。』」然遺山詩，予未能喜讀者也。

盛夏居室新葺偶題

竹籬花豆雨蕭蕭　鄰壑何嘗礙碧霄
雁翅幾須安航線　馬蹄猶得亂春潮
三人不識妖稱字　舉世皆知國作陶
書卷埋頭前日事　掩扉惟覺短垣高

復題一絕

明窗猶可讀離騷　千載無聞鬼愛嬌
湘竹兩枝終覺少　堯階三尺早嫌高
書巢未築烏巢落　桑樹新移杏樹搖
陋巷只今存陋室　不關蘇海並韓濤

和魯迅先生詩

十年樹木閱安危　入畫江南賦最哀
直干漫誇思放筆　清高無謂畏人知

注：魯迅先生〈題芥子園畫譜三集贈許廣平〉，蓋一九三四年十二月作，一九六四年
　　十月始發表，並附說明。其辭曰：「十年攜手共艱危，以沫相濡亦可哀，聊借畫
　　圖怡倦眼，此中甘苦兩心知。」

午夢覺中庭閒步

中庭除花草　花草聚蚊雷
屋裡衣香淡　天涯樹影奇
低佪詩律貼　危坐雁聲宜
倦眼休看夢　小園蝶亂飛

海澱道上車窗中望小村

樹覆棊棚靜小誶　竹籬門栱兩三家
一池春水風吹縐　半畝花田雨落斜
林陰盡頭如窟穴　石橋歧口類雲車
人間芳草青青處　安命何妨知有涯

感舊

午夢醒枕上作

秋風朝夕拂愁城　詩為無言始發生
深巷猶存名再換　小園未廢法三行
可憐棄疾書插架　不羨安石棋落枰
枕上沉吟類喝馬　何晦獺祭賴寒檠

注：陸游感舊自注：喝馬皆七字韻語，聞之悲愴動人。

緗兒捉蟋蟀歸

四十年前野趣同　　而今化作耳旁風
一聲振羽驚秋色　　幾縷歡容辨稚紅
姊妹關情憑斷髮　　鄰家賞識任爭鋒
夜來笑靨浮萍似　　我亦欲眠夢翠峰

新秋雜詠

無花一雨便生寒　　綠寂園中月色寬
每笑山妻貪虎眼　　何愁嬌女怯魚肝
化城燈火空華麗　　虛室雞鳴入黑甜
秋睡覺來濃似酒　　目迷高照日三竿

入秋足陰雨新晴作

未可居然辨雨陰　　秋霖每聽作琴音
灌田顛倒分前後　　畫地虛無論古今
夢意如絲思窹寐　　晴光欲滴倦登臨
古城此際美無度　　山鳥遠人默似瘖

注：灌田，吳起西門豹事，見太沖魏都賦。

示人

　　嘗鄉居，遊行山野間，久之頗有所悟。予作小詩示人，而人不會其意。偶用題潯陽樓詩中字，草成一絕。案，香山：我無二人才，孰為來其間，我所不解。游山即遊山，做詩即做詩，二者且何可直線聯繫耶。然潯陽樓詩實予甚愛誦讀者。他日複成二首，則禪喜體也。書之來以示人，以為談笑之資。

一

寒江山月映炊煙　　天日清靈俯仰間
高詠遨遊各意足　　東坡朝夕側橫看

二

香山何苦歎才難　　亦歎東坡用意看
想見淵明歌與哭　　平生甘苦寓其間

三

染香來去各隨緣　　籬豆花間鮮復鮮
不似城中春日鬧　　一時空巷道看山

看花

城中兒女折枝回　花豔驚心蜂蝶飛
此日山居成鬧市　且看泥水足沾衣

偶來

偶來花院聽棋聲　窺牖偷桃未有嗔
天上人間相視笑　且嘗紫椹並朱櫻

注：予少時甚喜司空圖詩「棋聲花院靜」，嘗取四字刻為印章。東方朔偷桃事見漢武
內傳。「窺牖小兒」最妙，東方先生依隱玩世，或具兒童心理者也。予嘗作詩
劇，未成，後知葉盛章曾排演《東方朔偷桃》，惜亦未見。古人入戲則可，若以
為史話，能為正論不磨者幾希！昔賢有云：雅而未正猶可，正而未雅，去俗幾
何，誠知言也。玉谿生用典精切，而於此事則別有用心，亦可喜而可樂者。

詠園中檞

散檞五丈可藏鸝　欲伴緺人蟬夜鳴
雨壞牆時吟思苦　不妨晧麗比君平

注：園中小檞三年而碩大，形影可愛，家人固請伐之，殊不可，以詩繫之。
君平，即城北徐公，見國語。
予性愛樹，而移居者四，殊少大樹，檞則自生者也。檞外計今所有：蘋果、杏、
桑、丁香，僅五株耳，而小園已少隙址矣。

編注：檴，落葉喬木，即臭椿。讀如初。
　　　緪人，古代神話，稱天地開闢，末有人民，女媧摶黃土為人，力不暇供，乃引
　　　繩緪泥中，舉以為人。富貴者為黃土人，窮苦平民為緪人。見太平御覽風俗
　　　通。緪，大繩，粗索。讀如庚。

偶翻地圖戲作　　時方憶綺女

　　心遠方知地不偏　　目成隨意海天寬
　　霜寒花醉詩難改　　州郡從來著色難。

注：貫休以詩投錢鏐，滿堂花醉三十客，一劍霜寒十四州，鏐偷改作四十州，休曰：
　　州亦難添，詩亦難改，閒雲野鶴，何天不可飛。遂入蜀。

擬與淵明戲言

　　我亦攢眉對釋家　　昔聞民豈在桑麻
　　何天不可飛雲鳥　　此地偏知就菊花
　　奵羨仙鄉松日撫　　多憂人境酒須賒
　　詠梅那待江西派　　早是一條橫或斜

注：民不在其田而在其天，釋氏語也。

新桃源頌

陶令躬耕二十年　　廬山今日莫橫看
人間五斗折腰恥　　天外三峰刮目安
烏托邦中秋早熟　　石榴家裡夏將然
緣溪來去新來樂　　無復問津迷路歎

注：王爾德有《石榴之家》童話。

東北有警齋居憶女雜感

虎蹤印塞號聲殊　　雁序繩人茶話蕪
離井離情千里霧　　錮身錮疾五車書
家居無乘轅中客　　兒戲多驅果下駒
愧然自娛和者寡　　未因腦滿失紺珠

注：一九六八年九月十七日蘇機侵入同化地區，在烏蘇里江畔。

戊申　一九六八年至一九八九年

戊申（一九六八年）

狂歌

九一八紀念日作

狂歌塞上馬蹄輕　塞下駝鈴冷瘲雲

秋雨一場寒徹骨　暮霞千里緩歸情

九花明麗風成夢　黃葉披離霧作情

士氣京國今日旺　不堪回首故園心

注：九月十七日，農曆閏七月廿五日，鎮日豪雨，蓋從所未見，亦未之前聞，雨中雨後甚盈。

　　盧溝橋事變後，予採取展禽妻「蒙恥救民、德彌大矣」之誄以自視，號彌齋。慨當以慷，幽思難忘，滄桑之感，蓋難言矣。

對客感舊

望月樓頭積雪齊　折東似水愧襟期

不堪七事書傾惡　何苦三餘讀到癡

草草成詩歸海客　匆匆懸畫語山妻

廿年一粟休掘簸　萬國藩籬喜觸羝

注：萬折必東，見荀子。

　　「匆匆」句：一九四八年冬隻身赴冀東解放區，囑家屬繼後。

題老屋（兒時小照）

清圓午蔭入吟幽　　寶馬羲和好畫休
赤日經天山色淡　　小溪招客水聲稠
石榴裙短林邊過　　杏子衫單風外留
莫向人間怨湫隘　　兒時老屋是仙遊

編注：湫隘，低下狹小。左傳昭三年：景公欲更晏子之宅，曰：「湫隘囂塵，不可以
　　　居，請更諸爽塏者。」湫隘，讀如角艾。塏，乾燥，讀如凱。

重題柏林斯基兒時畫像（花叢耽讀）

沉思藻翰鐵為摀　　健筆凌雲願未奢
黃鳥不來光有末　　鮮卑寒沍望櫻花

注：韋素園譯柯洛連科「最後的光芒」（魯迅作「末光」），記老人教童子讀書於鮮
　　卑（西伯利亞）者，曰，書中述櫻花黃鳥，而鮮卑寒沍不有此也。翁則解之曰，
　　此鳥即止於櫻木，引吭為好音者耳。少年乃沉思。予少時貌肖柏氏，然予欽羨柏
　　氏則在「十月」前，才德識之兼備，而其生活，如屠氏在《羅亭》中所寫，蓋亦
　　與予少時相類似耳。今予乃垂老無聞，當知慚愧者也。

秋分前一日偶作

鵬鷃逍遙有異同　雞蟲得失別窮通
採詩政息求山野　失馬人亡憶塞風
清白水邊懷赤甲　模糊心境映青銅
飄香叢桂吾無隱　秋色盈盈掛屬楓

編注：屬，用麻、草做的鞋。屬，音決。史記范睢傳：虞卿躡屬簷簦，一見趙王，賜
白璧一雙，黃金百鎰。

觀緗兒所養熱帶魚

莫將魚我論悲歡　追逐如梭有歉然
紅箭離弦飛孔雀　一缸寒熱水準添

述祖德詩

用薛文清讀文山傳韻

指南慷慨逆元兵　夜下從之海上行
流落田間桑變綠　徘徊園裡血成吟
親耕織罷求諸野　失禮樂時同彼淪
不悔日長經不帶　柘枝陰淡一枝新

注：吾家先祖文公七世孫從文信國夜經泰州，逆元兵，流落如皋，夫妻親耕織，鄉閭
　　稱長者，是為柘園公。今予次女綺，戊申夏赴虎林支邊，參加軍墾。
　　唐戴叔倫詩：日長農有晦，悔不帶經來。少時喜誦之。

題湯傳楹湘中草

荒荒齋裡度青春　玉女金童慰語真
因病得閒閒有味　詠貧則哲哲將湮
詩家百穀同園小　才子西堂共硯新
卅首五言詩律好　湘中幸草以人存

注：少時讀物至今倖存者，屈指已四十年矣。
　　卿謀詩句：與鄰同小園。荒荒齋與王百穀園為鄰。
　　湘中草五律一卷最佳，得六朝初唐之鮮新。

懷舊居

年少菅菅作麥芒　　浙西狷又浙東狂
游思塗雅鳳求鳳　　傑構刻舟海變桑
顧曲無心聞鳥囀　　賞心惟夢識花香
久行步裡斜陽好　　遠見國槐已斷腸

注：詩人南星嘗贈詩，戲稱舊刑部（街名）曰「久行步」，其語至可味，故至今記之。
編注：朱英誕居京故宅在西單以西原舊刑部街。

題清真詞釋 (福慶居士著)

政事文章豈兩途　　美成於此辨非福
堂名顧曲疑真賞　　未若誠齋比作茶

論詩絕句

積李崇桃語最新　　可憐野客也生嗔
憑君試問當花月　　果是多思意自真

口占（跋誠齋書）二首

一

雲龍上下自相親　漁隱無心更問津
六國張蘇人盡厭　一編屈宋孰獨吟
今朝綠蟻容閒靜　明日黃花過小春
野客何妨煞風景　遶投狡獪作音塵

注：讀誠齋說放翁湖上詩，甚覺可喜。
　　放翁詠湖中隱者數詩，見詩稿三二、三六，以及誠齋集六八：再答陸放觀郎中書。

二（跋放翁詩）

長嘯笛吹是化身　華山千仞久停雲
逃名自秘名隨我　出類相聞類恍親
佳夕每疑招隱士　明星已爛雜仙心
漁家傲氣茶煙裡　不必桃源憶故人

注：詩中字句散見放翁詞，即桃源憶故人、漁家傲，以及詠湖中隱者詩。
　　逃名出類，語見誠齋書。

驥垂

驥垂兩耳立岩牆　　賈傅能言色尚黃
啄木鳥嘲其卑濕　　吞舟魚視若尋常
談兵杜牧談元白　　愛國陸游愛范楊
持贈不堪逢白白　　秦娘子夜照朝陽

遊山

疑塚碧雲寺　　香山草樹香
莫將湖作鏡　　兩履是鴛鴦

題戊申詩草

平生已是三折肱　　渴驥奔泉老更狂
身後名真一杯酒　　此心躍躍是朝陽

贈廢名　七月七日作

天色已高楓樹紅　　摩詰習靜宛陵窮
江南紫燕歸飛裡　　塞北喁喁盡向風

謝子忱連日來訪　時偶患急恙

語默無常日月過　平生人謂閉關多
風風雨雨時為客　葉葉枝枝每載歌
臥病何須知世味　出門不可詠山河
跫音望外連朝夕　賤嗜窮人許撫鵝

注：予極喜風雨中作客，今病不能行，故戲以為贈。
　　「賤嗜」句，子忱工書。

悼匡齋

萬里南行賦國殤　一枝拂日是真狂
孔丘在昔曾同反　陽貨而今並不妨
大夏中流稱砥柱　清華一角暗簾崗
人間無限佳山水　何苦齋名定作匡

注：十年前予偶蓄羊鬚，弟子某謂予貌似匡齋，哂之而已。又謂匡齋演屈原，稱活屈
　　原云，故有殤狂兩韻。匡指匡廬，非說詩之匡衡，蓋亦戲筆云爾。

戲論詩　二首

一

詩才島瘦與郊寒　風骨涪皤並後山
真喜牧之序昌谷　不疑六一愛都官
蘇門差比韓門盛　唐代早開宋代端
小聚貪歡城不夜　曉看北斗又闌干

二

格高韻勝未能分　達詁終聞持論真
從古人生傳倚末　祗今撝火映圍城
詩家隨淚米如玉　淑女搗衣風過砧
心與身儷神可釋　抽思乙乙學黃陳

跋「戲論」：

陳善《捫虱新語》下一：「予每論詩，以陶淵明、韓、杜諸公皆為韻勝。一日見林倅於徑山，夜話及此，林倅曰：詩有韻有格，故自不同，如淵明詩，是其格高。謝靈運池塘生春草句，乃其韻勝也。格高似梅花，韻勝似海棠花。予時聽之，矍然有所悟。」此一則蓋論陶極可誦者。

按，陶公村居數十年，勤糜餘勞，心有長閒，所留詩文不過百餘篇而已，此亦所以為高也。予年過四十，始稍稍為舊詩，蓋戲墨耳。近二三年間乃多寫，偶一檢視，已近五百篇，誠或不免黥頤之感也！其格韻卑微，殆類似茉莉秦娘子之屬歟？朝暮點綴庭園，夏秋日長時，所在多有，亦不足為異。然偶憶孟東野之句「小人槿花心，朝在夕不存」，未嘗不悚然有所警悟！回憶予讀陶集近五十年，其敬愛之心與日俱增，如草然，而於林倅語不免草草翻過，今乃於此僅得以示其後知，為可慨也。

朱緝人自記
一九六八年九月廿七日深夜於北京彌齋

寒夜憶村居

不妨苦樂雙彭澤　　遠望高松守望孤
因病生心唯戒酒　　耽詩失夢得甘荼
卜居何意居田舍　　散步時驚步入無
孟夏欲來廬欲愛　　夜寒綠寂聽鵜鶘

紫禁避風

邊城虎虎大風生　　陋巷家家小院深
茅屋無聞踐紫禁　　譙樓在望近黃昏
散仙客便相嘲謔　　老尼誰容爾獨行
蜂蝶花時嬉至鬧　　無端私好以詩鳴

注：十年前予偶題故宮景物，有句云：紫禁城中翻故紙，天高日麗聽鷹鳴，遂作舊
　　詩，不知予因為新詩之故將軍也。予不為舊詩，然喜翻讀，今垂老矣，時或以此
　　遣興，亦取其便當而已，豈有他哉。戊申秋日記，於北京彌齋。

園葵熟

喜詠園葵稱古雅　　欣聞山果得精純
柴門木屋堪眠夢　　枝葉扶疏陰著人

再懷廢名

或云禪喜入禪林　我道先生是尾生
不覓黃石沿水去　渡橋橋竟作船行

注：廢名嘗約赴中山公園後柏樹林下飲茶，靜希先生亦在座，唯予晚至，廢名乃以子
　　房為戲。予鬢近似婦人，曾經耆者指說，然予終以為談笑之資耳。

讀輞川集

輞川園裡辛夷塢　花發春紅想見之
花落花開常事耳　等閒無事贊無辭

秋日

經霜老樹岩腳下　帶影寒鴉天盡頭
秋日詩成還自笑　言愁始曉不知愁

戊申待月

留連任稚子　拜月摘難冠
日日是節日　年年成舊年
夜明識古木　草茂映朱欄
叢竹休相笑　時空兩未完

索居

蕪城春草到樓前　飲馬斥堠遠戍邊
傳我一燈明雪後　卅年種樹住幽燕

編注：斥堠，古代瞭望敵情的土堡。堠，音後。

跋裴王絕句　輞川

江山信美待朝暉　絕壁夷齊採蕨薇
莫作遊蹤深淺去　盡探丘壑不須歸

戊申中秋雨

紫蟹初肥屋漏頻　　睡輕子夜折釵聲
雨中不舞雞鳴苦　　風過時聞竹笑真
楓樹既高帶食出　　雁行一去喚鄰親
邊城十月聽寒露　　猶有人云是小春

注：十四日夜至十五日連雨，是日月全食。

中秋後一日寒露仍有雨　中秋月全蝕

落葉無聲碧水空　　月全蝕更失高穹
卑之微似簷間雀　　已矣常如草上風
菊美開庭香淡遠　　露寒秋夜夢玲瓏
江南十月花將好　　塞北黃昏日未紅

贊畫廊派哲人

歸墨不成拒入楊　　苦吟自哂是窮忙
愛琴海上人微語　　千載真風說畫廊

附記：予少時讀《哲學之故鄉》，蓋為初學所著希臘哲人故事，喜畫廊一派，至今猶
　　　記憶甚真。

野趣（兒時雜事）　四首

一

蝌蚪變蛙號　雲蒸看蟻鏖
微窪揚子漫　略彴醜枝逃

二

艓尾紙驅片　蜂腰竹戲梢
目無龍虎鬥　足亂水雲嬌

三

長天睨小影　大雨斷荒橋
野趣開茅塞　至今遠市囂

四

遊衍忘歸日　投閒追逸時
輝煌驚晝寂　堪喜不成詩

尺素　四首

一

尺素在中途　鷺鷥飛欲無
碧空不可見　何處寄魚書

二

朱鷺莫銜魚　魚中有血書
傷心應無告　日落向平蕪

三

少小讀陰符　老當馬識途
紙鳶曾斷線　飄去落山居

四

苦吟應盡棄　其苦並非荼
可拾海灘貝　遍尋者赤珠

戊申　一九六八年至一九六九年

新雁

雲雨切農田　心閒花木間
百年逸一夢　五柳祈三眠
兒女兼文武　親朋各觸蠻
重陽無遠近　新雁逗情牽

秋懷　效昌黎

暮雲千里挾風橫　蓄意相思忍析酲
此日秋懷仍賤嗜　任他語穽或心兵

編注：穽，獵取野獸的陷坑，音井。本字作「阱」。

傷春

江南早失故時家　已慣邊城詠雪花
紫燕不來梧葉落　無傷雷雨對萌芽

題《西窗》殘稿（現代詩選上卷）

卅年不復作行人　日落山青閱廢興
花福常同病福至　草香難並燕香凝
老蒼一似松剝蝕　稚拙仍疑柏翠矜
鼠跡塵封殘更斷　一燈成夢夕陽疇

注：洛陽花福，天下九福之一，見陶穀《清異錄》。

得之於內

初學真作終身記　落花難成腹稿全
深喜得之於內語　一樓空對海帆懸

贊梅宛陵　二首

一

圓蓋無私華蓋傾　一生未可說知生
太羹玄酒窺堂奧　非是詩家客化城

二

　比似人間重晚晴　宛陵端可繼淵明
　放翁足慰文同恨　深愧平生病不行

注：文同「問景遜借梅聖俞詩卷」：我才嗜此學，常恨失所趨，願子少假之，使之適
　　夷途。
　　放翁：〈書宛陵集後〉：粗能窺梗概，亦足慰平生。

跋錢鍾書文

　長江萬里易圖窮　笑比黃河憂患同
　漫道邊緣抑夾縫　居安竹亦號雌雄

注：錢鍾書，無錫宿學，錢基博之子，以博學智慧稱。《宋詩選注》蓋晚近作，然猶
　　有我行我素之概。《談藝》早出，文筆精審，甚可誦。《寫在人生的邊緣上》小
　　冊子逞才太過，

秋夜　二首

一

　庭院深深露染苔　彌齋老學夜徘徊
　窗前野草秋蟲樂　睡思和詩任往來

二

每將臥治對床論　閒看清秋踏月輪
掛屬楓前耽逸樂　才低不敢賦高軒

憶女綺作

無田可種自無歸　豈有牆垣困了規
欲嘔心人聞蜀魄　初荷鋤者觸薔薇
高歌真作明珠耀　僻字不如莄稗稀
總有閒農君莫勸　耕雲耕雨月中畦

注：女伴不善持農器，鍬柄少長，女受悸傷。

憶女詩成復題一絕

杜鵑花上杜鵑飛　不築高垣插短籬
任爾鳶低低首播　會看眉綯看揚眉

注：敵擾同化地區，已開會聲討。

晚節

詩情馬上得清深　精舍微吟淡雅愔
秉燭而行多稚拙　故應赤子不失心

注：錢鍾書君談藝，於七律推論少陵、義山、堯夫、誠齋四家之作，最公允可欽。
　　予五十二歲以後始多寫舊詩，此一節甚似高達夫、韋蘇州兩家，然天壤為別矣。
　　故絕口不談唐宋之爭一案，亦非有所諱言也。予偶喜同光體，而上溯少陵、義
　　山，主宋云乎哉。

再贈子忱

見聞皆寂益相親　後樂而今貴我身
屬玉禽窺青玉案　他山不指巫山雲
少時真有春知處　老至果無造化鄰
寫韻未如吹韻美　家耕何似鳥耕深

注：東坡：遠吹留松韻。
後記：予少時極喜讀長短句，尤愛賀方回青玉案，其時東山樂府尚未寓目。久之乃知
　　　賦斷腸句者蓋是丹黃不去手、操危慮深一退避書生也。此真可記者。案，山谷
　　　亦喜此闋詞，惜未道其生平，不及說陳秦八字耳。

戲題兩地書　魯迅先生忌辰作

一

聖地難為兩地愁　榴鄉美作夢鄉留
至今雨裡聞金鼓　塔下花溪水暗流

二

上流擲竹下流看　賭婦潭邊月一九
北國山川冰與雪　胭脂只畫牡丹鮮

又律詩一首

刺桐花下草萋萋　唐俟先生且畫眉
茉辱觀蠶如虎食　喜悲聽雁似猿啼
嵇康苦語仍多有　陶令素心實無楷
賭婦潭邊媒竹笑　長汀無此好風吹

注：查廣州山川古跡，榴花鄉乃宋熊飛起兵大滅元兵之所，至今陰雨常聞金鼓之聲。
　　鄉有榴花塔，塔下並有花溪銀塘云。又，賭婦潭亦唐州府屬，龍門寥溪水口，
　　昔有童男女戲賭，各持竹一邊，從上流擲下，云兩竹相合，即為夫婦，至下流觀
　　之，竹果相合如生，遂成夫婦，故曰賭婦潭。潭上竹林曰媒竹。

淹留

一燈耐久謂何求　況是人間兒女憂
嗟爾仍能書兩地　愁予不僅日三秋
獨行徐步止長足　逸興橫飛詠小休
靜對夜明人不寐　無悲無喜任淹留

重陽

五嶽巍然盜寇逃　莫攀桓景獨登高
近寒食日低割稻　有客來時細做糕
無怪分神重閣見　正當兼味四時調
夢中夢外路難識　可作鮫人忌賣綃

昔遊

家在桃林活水濱　難馴擾翰白鷗群
侵晨三戶星光大　入夜燈明海浪深
途遠未須愁日暮　天低可是撫花陰
健忘蕉麻並忘夢　五里輕盈霧外身

僥倖

詩緣應是黃山谷　僥倖得名久自傷
破戒微吟終晚節　留心朝報壓浮光
滿園松蔭停紅綬　幾縷茶煙招白狼
天命奚疑耽靜樂　無花無酒過重陽

注：清桂未轂得山谷詩緣印以贈黃仲則。吾家先祖早以詩人薦，曰：平生僥倖多類此。

已寒

薄古重陽愛古城　秋高無夢到心中
蒼松不老青天老　白雪紅爐好過冬

畏老

尺書絕少忘加餐　垂老猶傷詩律嚴
刊落風華殊小事　歸趨平淡最難言
彤雲弄影手非斧　丹桂飄香月似鐮
屈指行年非畏死　瞬間真至著書年

注：古有六十始著述之說，予今年五十有六矣，作畏老詩。

夜坐

詩史由來有異同　清談無復客從容
月色滿地草更綠　秋水一池果正紅
金躍不如魚躍樂　樨香何似雨香濃
鉤心鬥角樓頭坐　風滿樓中夜作慵

注：家君少作詩有句云：機杼聲中風滿樓。

題純兒杭扇

曾見雷峰晚照無　憑何龍井似相濡
白蓮作藕足當飯　西子湖邊扇果需

跋飲冰室題放翁詩絕句

一

重仁襲義劍南詩　閒草無心有逸姿
嗟老歎卑曾屢見　不妨瓜豆得相宜

二

劍南誰復一燈傳　　不比江西鼎足三
寂寞此身千億化　　可憐同讀不同研

憶女

出塞三千天尚隨　　邊風盈耳識昨非
無需吹律驅寒去　　有待荷鋤踏月歸
何草不黃秋水至　　百花能笑雪棉飛
嘲難得解潛夫論　　新雁惟傳折肱醫

注：予家三世為人師，因以為戒。

嘲純兒

重陽節日無風雨　　嗟爾無知作頑嚚
寺裡應尋僧舍利　　途中可遇霍嫖姚
昔遊腦滿今空穴　　漸老目昏頓廢蕉
地大兩株銀杏樹　　龐鴻冥宕自逍遙

注：與諸少年重陽騎腳踏車遊潭柘寺，追感昔遊如夢，兼以自嘲。

得綺女家書有感　小雪日

歲將莫矣葉應黃　猶有青枝作霧揚
小雪飛花枯樹靜　寒冰結綠少年狂
邊防一水分涇渭　故國中流吐鳳凰
漸老無能頻舉足　勸君三樂濟時方

北窗下臥

面壁十年畏健談　野園三載賦時還
朝朝南向北窗下　遮眼無書見遠山

題我母殘詩

大寒快雪召春回　文藻空存漢上悲
愧我但知梅格在　江南江北夢中歸

注：詩載漢上消閒集。
　　母所居處曰梅花深處碧雲樓，予生長塞上，南歸無望，亦復無處可歸矣。

偶題舊籍

莫比豐狐隱穴情　當頭獵戶夜猿驚
水流花放空山裡　於菟曾留足印深

編注：豐狐，大狐。於菟，虎的別稱，於音烏，菟音徒。

初雪

十二月十二日深夜作

慚愧今宵得未曾　夜闌人靜喚誰膺
朱雲不奪談經席　媧后難拈繫日繩
千日醒來喜醪在　九霄夢破月光澄
北京雪是倫敦霧　歲莫青青只一燈

雨夜談心

夜鶯不住至參橫　五月園林新綠萌
樹木十年曾樹敵　論詩一夕忽論兵
不堪獨對窗前草　可喜兼酬檻上鶯
主客心安驅逸樂　長空夢外正發榮

寒鴉

掛席千里是耶非　水國秋來夢寐稀
不畏黃塵頻逆帽　寒鴉尚向朔風飛

戊申冬至前一日風中戲墨

是日寄綺女包裹一

虎虎風聲夜半號　蒼然樹古作波濤
水仙斗室稱嬌客　山鬼懸崖是俊豪
紫禁城邊冰早結　烏蘇江上寇曾逃
明朝大雪紛紛裡　人似梅紅那入騷

病中論詩

陶謝未應工　齋名每不同
病中無健思　或喜短歌成

十二月廿九日竟日大雪

一樹鄉愁喜滿汀　別來既久眼中青
逐貧那得賞花樂　驅夢焉知作繭醒
慈母手鋪薄詠絮　仙心句出落梳翎
此生同世涇同渭　我自厭聞路遶庭

歲暮口占

大雪載風飛　平明虎作威
柳枝鞭影裡　春盡碧桃巫

鄉愁

日日盼朝陽　江幹柳線長
一毫堪濟世　八駿定知方
鳥止花如雨　雲隨石作羊
暮春三月夢　榮密陰窗涼

看小兒女戲樂有感

名功臥虎風塵靜　折得垂楊是馬鞭
不必登高方作賦　庾蘭戒老北窗間

注：《孫子》：善戰者無智名，無勇功。

一九六九年元旦　戊申仲冬十三日

未堪多難說平生　又集於蓼欲種秔
戒酒每慚元亮淡　耽詩尤畏後山真
人間煙火增觳觫　天外峰巒引欠伸
鴨綠鵝黃常物耳　荊公何事亦干卿

注：周頌，小毖：未堪家多難，予又集於蓼。
　　王安石，「南浦」：含風鴨綠粼粼起，弄日鵝黃嫋嫋垂。案，予少時最喜荊公
　　詩，今三十年不讀矣，偶生此疑義，實感舊之情也。
編注：蓼，植物名，草本，葉味辛苦，用以比喻辛苦。觳觫，音胡素，恐懼貌。

林下詠懷

已倦安勞興不窮　　未能禮數困豪雄
椎髻無右焉成左　　磨蟻欲西反向東
滑稽悞人方朔訝　　盡心在我孟軻從
莫登廣武城頭望　　林下傾聽一笛風

居塞上久老時有鄉關之思

斗室夢孤篷　　長空籠碧空
天邊出晚翠　　雲影見晨風
豔豔花開滿　　亭亭樹列重
英雄痛失馬　　肯策福先聰

獨立律詩

獨立籬邊路似迷　　九華作酒未失愚
仙風流露知非夢　　瑞彩深藏喜若虛
寒柚秋梧近煙火　　青桔冬筍映淺溪
何妨小飲思佳客　　人或來遲待不期

獨立絕句

獨立如迷路有歧　青青碧落島無疑
亂離過去期人世　捨我當今須自知

寒日偶開卷有感

天寒日短苦吟償　失忘十年書冊荒
少日雪花足跡遠　暮窗燈火草原香
無知心似蛛絲細　不羈才如駒隙光
欲見古人何所懼　巷深家戶是蜂房

過魯迅故居

難尋禹跡少年時　丹桂飄香想見之
塞上風雲凝虎尾　滬濱哀樂繞桃枝
願為磚瓦添高廈　不許文名列九夷
今日青春多結伴　猶堪十目索微疵

晚晴看落霞入夢夢中作

夢化石頭色色　九重砌補蒼蒼
斧鏽吳剛刑滿　爰乘白馬翱翔

白菊小唱

一

虛堂不識春風面　拒畏秋霜雪似濃
送酒人來將尺素　詠歌長忘盞常空

二

明日黃花夢覺遲　清秋野雀踏無枝
詩孫白裕稱年少　作客兩當軒裡時

注：予酷喜司空表聖白菊之作，然不能學步。偶寫此。所謂短歌微吟不能長是也。時
　　方閱黃景仁詩。

病中作

一春花草女兒魂　病不能仟硯待焚
樹塔香稠驚斗雀　海天沙淨見浮雲
偶思人事成何事　盡信物情非我情
書卷自應束高閣　閒庭梨棗貯清蔭

偶題舊作詩卷

幽州臺上欲消魂　身手心肝漸晏溫
一事西窗堪剪燭　莫憑蠻語作詩文

半士吟　二首

一

甘茶自昔嗜茶經　百戰鋼槍詩未能
身事方秋成半士　難為五柳叩門鄰

二

輕歌真羨繞旗亭　詩草塵封四十春
一事無成成半士　西儒每欲拜勞倫

注：唐相陸扆云：士不飲酒，已成半士。袁倉山詩話引。
　　勞倫斯謂不可以愛情為酒漿，最為有見。予以為做詩亦然。

牖下

學書學劍兩虛無　長日白雲影不孤
畫字如蛇難辨識　空留牖下草圍廬。

己酉　一九六九年

立春前四日偶題

三揚塵後話三生　勁草枯桑傾耳聽
雪裡相過人兩美　雲中屢望薺獨青
天容膝也一安枕　春孕夢來千慮心
霧失河開絲柳拂　寒鴉晴噪繞柴門

注：《唐闕史》載：中書舍人路群之高淡，給事中盧宏正之富貴，雪中相過，所服不同，所言不同，而兩意相忘，相好特甚，時人兩美之（倉山詩話補遺十引）。

山妻絮語嘲之

笙歌鼎沸雨中過　一枕之安寐寐多
海上馬鳴風過耳　鳩槃荼苦月如梭

注：鳩槃荼，魔女，見唐語林《一切經》吾義廿一。
編注：鳩槃荼，梵語，佛書中謂啖人精氣之鬼。常以喻婦人。

贈幼女緣同學

生龍活虎贊青春　紫燕飛來影最真
無限風光求細膩　繽紛花雨伴深耕

驢背記

宿昔年光無事忙　青春何待作猖狂
香山槭葉紅如許　驢背得詩旋復忘

子夜

子夜吟詩喜飲茶　盧同七椀未嫌誇
輕輕一縷煙雲曲　逸出青青天淨沙

早誤

早誤榮名望賞真　半生贖怨閉門深
晚晴霞綺仍千里　日暮鄉愁又十分
隻眼收心盧室在　卅年載鬼一車行
便當三徑成花徑　未必百城是化城

喜聞紋女喜訊

天際輕陰已弄晴　人生何幻復何真
折東流水經一驛　不可耽詩寫散文

注：東得，與紋女同學工藝美術者。
編注：王東得，朱英誕之長婿。

遊山作

未能詩畫劍門圖　桃柳春山好跨驢
大雨新晴流水活　鼓吹一部漸清疏

注：余兒時最喜養蝌蚪，故尤零雨中鳴蛙，殊覺神秘而可愛。

人間　四首

一

閒窗兼愛負朱魚　靜夜思來蝌蚪無
憂樂乘除煩吾腦　人間不僅是江湖

二

一自歸休十載餘　江湖相忘守蒲蘆
人間多有憂和樂　喧密清疏兩不符

注：以上二首詠蛙。

三

鄰里知關互有無　溥天下不計親疏
人間煙火寒竹樹　且聽雞鳴過午殊

四

肉食當翻黃棘圖　兒時吾亦足歡愉
人間煙火憂和樂　親摘圃中手種蔬

偶題

少時習靜似僧家　夢裡真開水上花
五十六年稱老病　窗前初長鬼薑芽

注：予老矣，殊少薑桂之性，然世事迫人，遂偶不情，心中作惡久之。予於自然，行
　　避蟲蟻；於人事，避燥就濕：垂老之年，乃不得不然，蓋可歎也。
編注：薑桂之性，比喻性情剛強不移。

枕上口占

此身為患案須翻　　一枕安剛作饕餐
收視澄淵凝一瞬　　反聽朱鷺響三番
世多揚子吹毛易　　室闕麻姑搔背難
七不堪中今守六　　雞鳴即起看朝顏

注：佛，以睡為食。予年四十，健康大壞，惟餘安寢一事為人所忌耳。

北京暮春

禁城四月是餘春　　古樹陰輕暖著身
堂下玉蘭吟白墮　　賦詩未可到清平

注：予少時最喜龔竹坡：才到花紅已暮春之句，寫出古城春日之魂，然絕不能仿作，
因作暮春詩，聊記於此。

小巷風物　　憶兒時作

賣花聲在雨聲中　　巷盡頭山影鬱蔥
竹馬旋來更色面　　吹餳捏面興憧憧

編注：餳，音形，飴糖類食物名，用麥芽或穀芽之類熬成。

感舊

似水駝鈴塞上塵　　惟餘一角芰荷生
黃風吹雨晴霹靂　　白晝逢人鬼笑嚬
古木重城燈火暗　　小門深巷草花珍
文章經濟南移後　　失馬真當詠鳳麟

注：昔日古城人口僅二百萬，今則聞已過七百萬矣。

校讎罷

老去詩家吟九州　　秋來花好替春愁
海寬獨可懸銀月　　山小才能繞綠洲
天際有人嘲蟻穴　　牖中落日見林丘
驕陽霖雨無哀樂　　猶自忘情管校讎

編注：讎，音愁，意為校對文字。

野塘

逝水如斯水暗涼　　大堤枯樹看興亡
敢論雞口分牛後　　幽境無妨繞野塘

注：琦翔云，常遊月壇，因以贈之。

微塵

鮫人月下賣綃歸　日照微塵可厚非
空闊如何分背向　一時只見雉朝飛

前途

前途幾許一帆徐　那可人間浩劫餘
陋室桃源相去遠　居然也有未燒書

揚帆

揚帆君去遠　野渡客來稀
一水分橫縱　萬山落照微

小園玉簪

習苦無成氣味親　避人如寇不驕人
未能學得夫人法　何物換來鵝一群

弄筆終朝墨染池　羲之偶愛雪霜姿
不知傲物為何物　故喜看鵝舞且傲

春月

東坡居士啖蠔時　灑落環奇想見之
春月照人花假寐　不從天外鬥心思

注：東坡食蠔而甘，戒其子勿告人，慮有公卿謀謫南海，以奪其味者。

迎春花盛開

鵝黃花是蕊珠仙　月潤星沉曉夢酣
冰雪無香難有飲　春風終自愛人間

春雪

望塵山海際　回首是非中
雪止苦吟斷　春來古意濃
功名真草草　花藥自叢叢
稚子明朝約　鳶飛上遠空

齋居雜感

五月為春花有神　江南如夢昔相親
小園只得三分地　大廈將歸萬國賓
天際煙寒飛野馬　窗前詩淡看浮雲
非洲菊與波斯菊　任爾稱呼渠不譍

注：歐洲以五月為春。時方檢點花籽。

西窗

十二年前解組身　偶來紫禁聽鷹鳴
雨遮雪壓西窗夢　無意當筵四座驚

雪中松

花好自開還自落　風清無色復無聲
美人應是形融影　不待春濃日射紅

嚴瀨

臥覺清宵意味長　瀨聲同榻鼾無妨
漁台高下君休問　隱佚姓嚴本姓莊

晚節

秋室虛白生楓堂　不妨晚節詠花黃
英雄期許知無謂　我自姓朱非姓揚

懷廢名作

論文塞下不嫌遲　老至重談老杜詩
作客當歸愁淚語　知予不盡愧強辭
百年後讀堪嘲謔　小樹方生有夢思
昏瞶無端多感舊　哀公已是失明時

注：先生在長春論杜詩，時已一目失明矣。
　　先生昔日著文評予少作新詩，選詩八首。予近年來多寫五七言，先生已不及見矣。

小園種樹五株頓多幽致率成二絕句

著意難成種樹書　五車有愧喜三餘
小園短插竹籬罷　休卜垣遮瓦壓居

鄰里與同日涉新　山花野草小園成
垣遮瓦壓真堪笑　一頌劉伶酒意生

相思

相思蓄意忍無言　驟雨飄風又十年
兩屐遊山蕉覆鹿　一針引路夜行船
桃花能笑春如海　諫果須嘗夢吾仙
滿貯一瓶秋色淡　不勝契合欲加餐

編注：蕉覆鹿，蕉，通「樵」，柴薪。列子《周穆王》：「鄭人有薪於野者，遇駭
鹿，禦而擊之，斃之。恐人見之也，遽而藏諸隍中，覆之以蕉，不勝其喜。俄
而遺其所藏之處，遂以為夢焉。」後用以比喻人世真假雜陳，得失無常。

夜雪朝乃日出有寄

浩劫堂前喜目成　　荒園松柏辨稀聲
雪花為伴留長夜　　海水同飛展片心
安枕無邪佳夢渺　　微辭有意解人真
禦寒沽酒尋常事　　日射西窗苦憶君

村居醉吟

市隱昔為燃海犀　　村居今失入雲梯
吟邊月上驚牛鬥　　夢裡風吹亂鴉啼
四野花香歸路引　　一窗竹影醉人題
識途馬老應伏櫪　　莫道詩成錦障泥

編注：燃海犀，傳說晉溫嶠至牛渚磯，水底有音樂之聲，水深不可測，人云下多怪
　　　物。嶠乃燃犀角而照之，須臾見水族覆火，奇形異狀。見南朝宋劉敬叔《異
　　　苑》七。後謂人明燭事務者曰燃犀。

贈振傑

彷彿春風入室來　晚間佳客不曾期
此生大夢真難覺　舉世兒嬉要不疑
白雪方消紅雪落　凝香初動暗香隨
寥寥數語無奇語　一縷茶煙相對時

注：振傑為純兒師，為純兒事屢加關注，因草此。

讀朱自清詩文感賦

邂逅齋頭魂夢驚　清華園裡海潮生
逃亡舟小書千帙　南下人狂草一莖
鎖拂苔痕窗百葉　卷開蝶翅戶三星
春城有鳥呼不得　水遠山長哀北平

注：讀朱氏舊詩及〈回來〉等散文。

小園桃花盛開

炊煙四合晚嵐明　候鳥無聲老眼青
疑雨每當花發笑　戲魚只說影分身
法螺風外來風裡　畫舫水心向水濱
一樹夭桃開又落　天臺便去句應新

城居

竭情人事半生忙　難得無心詩作狂
樓自妙高成架屋　夢分上下有疊床
春空默默明窗暗　庭院深深白晝長
捨我其誰嗔好問　城居逸樂似居鄉

夢中得句晨醒僅憶生韻乃補足之

敢云放筆為直干　虛白堂深楓樹生
雲載驕陽呼載酒　雨流小麥聽流鶯
陣雲陣雨難啼午　數鳥數花柳拂晴
愧我匆匆閒作草　未能初寫是黃庭

記夢

疑雪山藏株守夢　覆蕉藤掛畫懸門
平生此事難為鼎　三宿違心野色昏

注：予生平少夢，惟二事，故每自詡，蓋可笑也。

十年前擬草誠齋大傳未成漫題二絕一律

文章未是東坡好　　逸樂能教李白憐
兒戲多君曾怒目　　南園一記放翁顛

深心豈止思千慮　　兒戲曾留史一函
最喜稼軒長短句　　伴君九集枕窗前

南渡詩篇俱可傳　　石湖濡筆寫田園
論公兒戲同今古　　典僻佛書有後先
文史足娛生末世　　才情真賞考當午
喜君大雅源流正　　俗諦鎔新入洞天

注：予少時即喜稼軒詞，而晚乃甚愛誠齋詩。

題白石詩詞

白石清才伴小紅　　人生真喜色非空
雪中有物難著眼　　邂逅江湖雁燕同

注：白石詩源出天隨，誠齋識力，於此可見。

己酉　一九六九年

題誠齋九集

昔能悔悟今來變　城市山林兩得之
經世莊諧離俱美　雜陳僅可在言詞

注：江湖有悔，荊溪有悟，南海有變，見集序。
　　可者，不可也。

己酉上元夜偶戲作

孰能南面坐書城　兒女後先塞下行
雪月交輝人共見　風花入夢一燈青

注：純兒將之吉林白城。

己酉上元大雪

廣寒宮裡定奇溫　塞下輕騎萬馬屯
明是康莊非小徑　重將城市變荒村
一燈破夢當驅夢　此夜招魂欲斷魂
天上繁絃和急管　人間北轍抑南轅

憶兒時西沽村踏青

兩岸蔭涼蒼狗白　滿天霞彩晚香開
桃花楊柳西沽樂　踏到新墳暮吹哀

晝寢作

蠲忿不妨清晝夢　忘憂唯是女兒回
窗前積雪春猶在　伐桂人驚月窟頹

編注：蠲，音「捐」，與之通，除去、減免意。蠲忿，消除忿怒。

純兒將赴白城寄綺女書後作

兒行萬里赴戎機　寒下音塵漸漸稀
唯願思鄉愁苦少　只書歡樂不書悲

注：綺女在虎林，距京城四千里。
　　近報載珍寶島有盜入侵，島在虎林縣境內。

深巷

宇宙洪荒莫閉羹　巷深庭院更深深
月圓告我天如我　四海一家都屬君

去冬今春雪多而大不欲出門

不是深居簡出人　衝寒只覺老難馴
故園有草天如撫　老屋無人梅欲春
白雪新來誇海口　紫簫日夜盼櫻唇
此身未化憑霄鶴　珍惜珠塵豈謂貧

此身　二首

一

此身為主復為客　未老猶能踏雪行
破曉提燈跋涉去　星光不減雜昏明（兒時所見）

二

一生走馬看花瀕　少小光陰樂最真
老至投閒置鼎重　此身長覺兩頭新（老至所感）

注：戲效袁倉山體。

贊福樓拜聖朱蓮外傳

獸禽舞蹈喜聽琴　逐鹿真如射鼠能
花木蟲魚欣遇合　朱蓮深夜渡頭燈

鳥獸欣欣別有春　遊魚出聽聽琴心
聖朱蓮是奧菲亞　愧煞悲哀末世人

春分前五日作

春來不見草青青　猶有冰絲繞樹根
廣武城荒歸眾望　幽州台小欲獨登
鄉愁無夢得歸去　烏愛深情好直陳
雲路三千思勁翮　居安時願看揚鷹

注：是日紋女成婚，純兒將赴白城，虎林有警，心情繁而重，草此遣興。

甘茶

心存詩卷惡奪朱　　身老江湖食有魚
月到中天人是土　　日出殘夜馬呼盧
舊瓶新酒非陳紹　　故國幽州變大都
八斗才無仍對客　　閉門低調唱甘茶

聽秋室偶題　二首

一

落葉幽幽報小春　　輕陰天際說風塵
聽秋樓下聽秋室　　雲影匆匆晝夢醒

二

不作牽絲木偶人　　天涯芳草愴傷神
青空翠柏雲霞窟　　秋室之中暖似春

憶海澱隱居

最愛東鄰莽莽廬　村童撲棗任相呼
閒情一盞蓮花白　不待加餐盼鯉書

注：東鄰荒蕪，中有棗樹，時有村童撲棗聲。

獅子林舊居

吟詩彷彿繞迷樓　八陣何堪認石頭
此際此時輕一世　移情惟有海風秋

注：予兒時學詩之地。
編注：舊居在天津。

二月

二月春風吹落葉　雪花如夢未消融
江南曾是鄉愁地　塞北真須魚樂穹
草長毋將天馬礙　雞雄豈得藥農容
浩然予欲無言日　萬紫千紅夜似烽

注：時莫斯科集團入侵珍寶島，予次女在前方。
　　去冬今春，雪多風大，雪落橘樹上，極其美觀。日來大風過境，旋復如夢，顛之
　　倒之，變幻無窮，短紙不能盡也。清明前一日記。

清明日示女綺

烏蘇江水浸珍寶　冰雪難容盜寇侵
春色不因風雨暗　明珠一耀故園心

注：女第十一函有鄉關之思。

讀楊誠齋本傳偶書

砥柱橋頭野客風　至今桃李笑春紅
夢中蠕動過千載　那得出兵哭失聲

純兒願去分宜習勞草此諭之

二月南行水綠時　三千里路盡多思
分宜舊是宜春地　不讀鈐山貴後詩

注：分自宜春，故曰分宜。

南北

南北八千里　唐音每亂愁
漫歌難再得　河嶽盡深憂

注：綺純姐弟先後遠行。

　　純原去分宜，後乃改變，開端遂無所謂，可泛指耳。

　　予少時每以當代不能盛美開天為憾，今乃知唐音之不可多作也。

海澱蓮花白

平生酷愛白蓮花　火烈如何到酒家
曾伴山妻居海澱　何嘗愁苦問桑麻

編注：蓮花白，舊時北京地方產的一種白酒。

暮春偶翻閱冶春詞

無復歐陽醉可圖　冶春詞妙似蒲盧
鑑湖一曲堪垂釣　微禹其魚夢也無

注：予少時絕喜歐公豐樂亭記，後讀豐樂亭詩遊春絕句，誠如羚羊掛角，無跡可求，
　　乃知古人真有不可及者。

牧場小唱　贈大今

立志穹廬作故鄉　草原無際看天狼
一枝鳳舞龍飛筆　橫掃東方陣線長

等閒吟（四月廿三日）

瀾滄江與怒江間　莫把保山作寶山
萬里曾經不計腳　天南海北等閒觀

注：純兒之師某來，希望他到保山地區參加橡膠園工作。前年純曾遠至廣州。

自題山好閣詩

新詞盈卷復年年　梨棗如今喜任天
一撮劫灰難什襲　滿窗明月足留連
晨昏暗暗燈方息　日夜青青草更鮮
蛛網挑絲愁鼠跡　乞兒漆碗尚須搬

書陸游傳後　朱東潤著

圜泉二記天真甚　褒貶全非更不疑
惋惜詩心雜史識　情三言一總堪悲

注：見渭南文集，書賈充傳後。

春宜

春宜讀史秋宜子　夢自輕盈月似銀
素隱古家無舊事　龜山自昔有東林

注：建炎以來朝野雜記乙集卷八〈晦庵先生非素隱〉此偽學之禁，慶元黨禁所由來。
　　楊龜山有東林書院。
編注：東林書院，故址在今江蘇無錫市，本宋代楊時講學處。楊時，宋南劍州將樂
　　　人，字中立，晚年隱居福建將樂縣東北龜山，人稱龜山先生。師事程顥程頤，
　　　曾任右諫議大夫兼國子祭酒、工部侍郎等。後專門著書講學，在傳播理學方面
　　　影響很大，被奉為「程氏正宗」，朱熹即其三傳門人。

臥病　二首

一

臥看小樹倚蒼穹　醒目無非海日紅
惟識隙駒吟碩鼠　難言塞馬畫真龍
春來小雨瀟瀟下　客至清茶淡淡融
微恙不須愁語默　恣將閒意對豪雄

二

丁香白紫暗香濃　過客無名轉盼逢
對影李白愁月落　拂枝屈子歡心融
看雲幻夢方相折　臥病吟詩至竟同
愧我已難稱素隱　一塵之隔恨無窮

柳絮

柳絮飛時雲滿天　綺霞豔豔伴愁眠
春明園囿無花樹　門巷深深海樣寬

純兒遠赴滇南瑞麗書
此為之壯行色兼示呂喬劉三君　二首

一

　　彩雲南見古梁州　　天際應同腹地遊
　　畫斧分疆談往事　　標銅作界笑來由
　　八千不是潮陽路　　十面都為海上鷗
　　他日蘭泮風浪急　　石頭山水盡閒愁

汁：寒齋舊蓄石屏　力，蓋阮芸台贈程春海故物，或即阮官大理時所載歸者耶？石頭山水指此。

二

　　天涯自昔稱鄰里　　海內原來是一鄉
　　諸葛武功無羽扇　　長卿文教有琴張
　　嶺梅南北開還落　　山果後先摘復嘗
　　此地昆明池草淺　　劫燒不待問東方

贈別詩成復草二絕

一

西南一望夢為鄉　最愛炎天月色香
春雪織成詩更好　琴囊變布不須張

注：東坡得西南夷人琴囊，布上織宛陵春雪詩，因以贈六一居士，詩壇佳話也。

二

此身著處更何疑　萬里相關物我齊
渡水穿山思禦寇　幾曾能飯寄當歸

莫莫　懷綺女純兒作、一在虎林、一在瑞麗

莫莫狂歌百尺樓　明窗一角耐淹留
沉哀舊雨歎貧賤　淡漠新知笑鬥鉤
白馬吟風悲靜夜　飛蓬引領仰高秋
閒庭寂寂清如水　地北天南擬小休

注：是日為予生朝。

佳客

稀客跫音靜不譁　　午窗睡起煮茗芽
茶能為病如羞晚　　夢欲成雲笑亦佳
昔日悔農求夢寐　　年來嬌女種桑麻
書香蒙密衣香淡　　彷彿新晴落桂花

注：戴叔倫詩：日長農有暇，悔不帶經來，予最喜誦之，久而不忘，嘗以為號，後因
殊費解釋，遂廢棄不用。

題唐俟先生「慣於長夜」詩稿

河嶽英靈何所之　　早春二月卉潮兒
橫風疾雨書新律　　怒目低眉感舊辭
黃浦孤帆迎旭日　　龍華碧血化桃枝
年來大事渾忘卻　　女佛山邊醉飽時

注：魯迅先生書多圓熟，惟此原稿殊草草，頗覺勁疾，雨中偶翻柔石《二月》一書，
口占此。案，電影《早春二月》較早受批判者。

野史（范仲淹軼事）

幾行詩草過關防　　一片輕帆望故鄉
寡婦孤兒生感激　　戍邊野史記彷徨

寄燕生

去國無三里　離家過八千
星城紅一點　萬綠各鄉關

戲贈燕生兼示洪濤、世凱

橡膠園亦是桃源　風物宜人笑散仙
弄島林中欣跳月　怒江岸畔醉彈絃
古今薄厚疑應析　遠近親疏殊不懸
屯墾日長農有晦　戍邊心大夜無眠

注：來札多詩情畫意，謂瑞麗景物類張志和漁家傲，又以為是世外桃源。
　　管子：大心而敢。
編注：燕生、洪濤、世凱，均為朱純同赴雲南瑞麗之同學。

白菊

草間誰解色宜黃　猶有典型伴淡裝
大士瓶中傾玉露　青娥眼裡妬清狂
我行我素嘗知命　花落花開早止漿
茗椀未空天遠處　不憂不悟暗香將

送春

送春無復雜詩心　結伴習勞眼尚青
雨後好風吹面目　夜來長笛聽車音
不貪紅杏枝頭鬧　可喜清塵足下輕
縮短城鄉差距去　牛欄山麓路曾經

注：贈衛黨，將至順義支援三夏麥收。衛黨，小女緣之同窗，日至寒舍，最為活潑，
　　臨行索詩，因草此持贈。

篋中翻撿得《仙藻集》原稿戲題一律

桃源要是逐貧吟　烏托無非繭縛身
慚愧不能憑唾面　痛心惟有在將軍
棋盤來去街頭客　蛛網錯綜夢裡人
明鏡莫愁顏色淡　百花零落變光陰

贈遠人

幽燕一角月輪孤　快旅西南入畫圖
五月金湯飛紫燕　芳辰夏臘過白駒
三冬足雪三春雨　兩履生塵兩地書
以沫相濡高枕夢　不應主客漫相呼

午夢初回、斜陽滿院、便似秋光濃至、
蓋昨日暴雨涼甚、既晴回暖、變化如此、
夜來緣女獨己角粽、復準備下鄉習勞、
予亦守望、入寢頗遲、故破例晝眠耳、
明日端陽漫成一律

即事多欣跡近狂　撫時無語影俱傷
端陽五月疑八月　重九他鄉思故鄉
空道高文一何綺　真慚午夢十分長
閒過佳節懷兒女　天半朱霞爍麥光

片艷

匆匆分手日難拂　綠寂閒庭雀可羅
一縷東風吹夢寐　半張片艷賦狂歌
棧山軼漢嘗星飯　執戟敲鐘欲枕戈
闊步高原晴獻好　入鄉隨俗敘南訛

編注：片艷，即片艷紙，一種極薄的白紙。

戍邊

戍邊不詠慎風波　　清濟一一貫濁河
五朵金花歇捕影　　三篇文獻待驅魔
小門深巷桃符淡　　陣雨高原野趣多
數語寥寥枝蔭裡　　此心果似掛寒柯

夜讀韋集口占

憶為兒女候門遲　　喜誦蘇州五言詩
恰比朱蓮安野渡　　蓬生麻裡已多時

注：此,五年前即甲辰中秋後一日侵晨為綺女候門時舊作姑錄於此。
　　予嗜蘇州詩近二十二年。一九四七年瀆游歸來,大風雪日,始治韋集,嘗擬為之
　　注釋,而迄今未能著手。

戲贈燕生世凱洪濤

綠寂園中蝶舞飛　　山程水驛幾多時
林中日色嬌無那　　戀自蘆笙吹出來

注：頃有人自雲南瑞麗攜芒果三顆來,以詩紀之。

出徽日感舊

政事堂前木蔭新　　午雞自在正啼鳴
山林城市全無分　　花草銅駝各盡情
亂世佳人呈巧笑　　豪雄末路覓微吟
傷心斷爛朝朝有　　五月出徽雨縱橫

入伏日大雨中作

一天潑墨雨淋鈴　　剛說紅雲嫁黑雲
有客凌波微步去　　無心拋核綠蔭成
初離看夢思鄉井　　未晚燃燈寫遠心
明日嫩晴書萬里　　新蟬方噪覺林深

注：時方作書，復云南客子。

答振傑

驕兒嬌女戍邊行　　亞熱酷寒草盡青
佳夢欲隨紅雨亂　　碧桃不逐獨陽生
亭微容膝人雙坐　　井隘藏天蛙一鳴
空有鷗鶼嘲落葉　　絕無鷹隼瞥閒庭

注：七月中來談小女兒去向。

戲贈洪濤

洪濤寫雲南瑞麗風景小詩來，為之改正，並草此寄贈。

離家萬里未離題　日晚清泉自洗衣
家戶小園芳草綠　天涯誰道不相宜

碧空藹藹月輪孤　白鷺飛飛盡捨魚
笠帶斜陽鋤帶月　時還讀我讀殘書

習俗不同尊少數　故鄉那得此風情
家家奪目花如錦　看竹應須問主人

注：西南多少數民族，瑞麗傣族為多，衣著華美，人小都麗。景頗則腰帶插刀，赳赳
武夫矣。純兄來札說如此。

記夢詩

幽谷望月蘿垂棕櫚

幽谷泉聲月上遲　詩情無復賴多思
小門不入君何往　棕櫚垂蘿掛壁時

注：予生平少夢，惟此兩夢，久而不忘，嘗試為文記之，亦不得其要領，安得與弗洛
依德之弟子細論之！

己酉　一九六九年

213

苦雨

年年七月聽瀟瀟　輕騎歸時瘁不驕
來日英雄應輩出　潛心志士自孤高
東山零雨今如昔　子夜春歌詩亦騷
碧草同苔秋更綠　敢吟白骨亂蓬蒿

烏屋詠懷

明榴一慰海天囚　競渡新時喜快舟
戲水游來魚亦樂　沖煙飛去鷺仍留
荷珠一一看圓美　柳絨絲絲籠小休
烏屋蒼苔曾不厭　重遷安土使人愁

獨對玉泉作

山小桂成叢　天高夢偶通
讀書冬夜雨　論世馬牛風
曲徑尋幽士　七星聽寒鴻
一從分南北　旋復失西東

自題詩草

餘波未可作波瀾　　夢草如絲芳草鮮
春色不關蜂蝶鬧　　花開但願月輪圓
景陽苦雨哀荷暗　　庾信思鄉盼歲寒
蒼莽一株松落葉　　等閒欹枕便成眠

書前律後

便作看雲得自娛　　妄言烏托類烏啼
避秦無路桃源在　　舟子何心只好奇

幼女緣復欲遠行

予不能止、感賦

兒年十五正萌芽　　秉燭何求日欲斜
白鷺清波心自遠　　紅妝翠蓋思無邪
那須伯樂知千里　　少怪漢廷黜百家
細雨夢回新病起　　勉將身世對蘭花

立秋後一日雨

雨止作

柳重晚霞明　風高宿疾輕
秋前花灑落　雨後草新生
遠戍書常滯　停雲思易沉
促席無可說　曝獻少於芹

出塞雜事詩

此生休說得江南　隨分抒情未是貪
與古為新看紫笑　撫今追昔夢紅酣
西窗剪燭存佳話　秋雨對床好夜談
塞下時移成塞上　不須出入道眈眈

跋：嘗出關，兵燹既起，東寅與予遣眷返京，聞車禍，四出問通，輒斷而不疑，乃歸。既歸，對床夜語，說快事竟夜。東寅，沙灘舊日同事，在史學系，其妹東菊，傳綵之同學，故家在瀋陽。

懷道蘊先生

時暫寄雍和宮西倉

家在江南黃葉村　鄉愁每歎不能文
北人不駕南人上　來傍僧窗賞夕曛

編注：道蘊先生，即廢名先生。

望鄰園古槐枕上作

己酉白露前四日

一從稚女赴邊垠　碧海青天總絕塵
直干拿雲秋葉密　頻招初日夢初醒

注：幼女緣於八月廿九日啓程，赴黑龍江寶東參加兵團（九月一日信來，分在修配廠，住二樓，有暖氣。——補註）。

九月五日緣女家書寄振傑

時振傑幼女已遠赴密山

何待飲茶畏損神　醜枝那有著花春
縱橫不預七雄事　老淚無端對故人（己酉白露前二日）

注：振傑為予少時選課學生，今乃對客揮淚，反不如吾老人也。書罷為之不歡累日。

己酉　一九六九年

同緗兒買地圖歸來作

綺女來書索圖

全球一紙便情懷　載得天空海闊來
只為霧中迷五里　難言老眼燭成堆

子忱傳勝川口信來、《四部備要》擬出售

閒身一似遨遊歸　萬水千山而昔來
我是殘舟橫野渡　任它煙海白鷗飛

編注：勝川，即王勝川，子忱之乘龍快婿，曾任北京市工讀學校校長、北京市教育局
副局長。亦為朱英誕之友。

北京串紅（明日秋分）

風裡寒蟲泣訴時　串紅無數傲霜枝
夜深欲夢天來大　星散當歌小聚詞

注：北京串紅自中秋始華，至歲寒猶盛開，鮮麗可愛至極，偶思上山下鄉兒女，漫成
一絕，惜末能作為竹枝詞耳。一九六九年九月廿二日，於枝蔭山房。

野渡庵

野渡庵前漁火昏　待花堂外海風腥
去詞去意詩常在　茅屋烏蓬每不分

注：嘗以野渡為室名，蓋取屋似烏蓬，不厭其小。偶閱閒書，乃已有此，不欲雷同，
　　草一絕句以了之。待花草堂，亦舊日齋名，久廢，今以為對耳。然予甚喜福樓拜
　　聖朱蓮外傳，留此佳話，亦宿願也。

待花草堂

月色昏黃月色新　待花堂外草青青
忘懷去日吟來日　雲樹欣欣似故人

注：近年來兒女紛紛讀行，予初不以為意，乃接二連三，遂覺不支。久之，頗願天假
　　以年，此則往昔未曾思念者也。一九六九年九月廿八日，於北京彌齋。

自題《餘波集》

中秋後五日作

不愁輒北是轅南　　所願必違竹報安
磨蟻西東方遣興　　轉蓬高下欲無言
攀山腳力嗟應盡　　擇木歌聲笑重遷
秋晚微波清洌甚　　餘霞天半作花鮮

注：丙午以來，多作舊詩。青榆自註。

近重陽作

無多腳力廢登臨　　重九直須抱膝吟
叢菊全開茶泛白　　孤雲一去月揮金
歡未廣武探非霧　　歌罷幽州入化林
著色不堪州郡大　　一天風雨避秦人

注：著色州郡，見美現代詩人霍斯曼詩，予最喜之。蓋予甚喜讀地圖，尤喜讀插圖之
　　地圖也。

碎葉川　二首

一

碎葉川邊李白生　貝加湖上子卿迎
不愁州郡應著色　且喜長江天際橫

二

貝加湖畔放羊群　李白狂歌響遏雲
碎葉川南難著色　舊新疆界說紛紜

注：頃讀外交文件云：李白出生於碎葉河之碎葉。按，即今之巴爾喀什湖以南地區，此往日所不及知，惜亦不詳所本耳。

嘲莫斯科邊界聲明　二首

一

插圖著色不難兼　最喜燈前仔細看
昔日春秋成戰國　只今四海尚奇談

二、碎葉河一名吹河

不堪國史類兒嬉　古往今來繫我思
河水有源稱碎葉　一川綠雪北風吹

讀陶集後詠懷　有序

　　遠公說法，陶公以為發人深省，此或不足信，或亦可信。「形影神」詩蓋有意立論，實非公詩之至者。予斗膽作如是說，知我罪我，均未可知也。

白蓮結社號東林　栗裡相關牛一鳴
樂而無園嘲得失　淡焉忘世破疏親
中庭一徑非三徑　天際孤雲雜晚雲
權作清談談寂寂　高文何綺不足珍

編注：遠公，即惠遠，晉之名釋，居廬山東林寺。與陶潛交。

詠懷詩後

結社東林三十秋　聞鐘栗裡有時愁
廬山真面何人識　一片白蓮化白鷗

注：惠遠說法東林三十年，栗里相去二十里，梁啟超為晉人造詞曰：厭世的樂天主
　　義，然則遠公豈非亦是此中人乎？

明月

芝草翻翻歲未寒　　秋風拂拂日將殘
污泥濁水來明月　　遊戲人間奉一丸

讀桃源記後　四首

一

去家百里求彭澤　　千載相關物不齊
無路可尋當日事　　桃源今只在通衢

二

明明有路君迷失　　楊柳依依唱折枝
予欲無言天莫問　　桃源自昔是桃蹊

三

綢繆獨有酒盈尊　　林臥惟欣雨是琴
毋慨後彫非後笑　　桃花源外古松青

四

淵明創世足新奇　烏託名稱舶自西
雞犬相聞民不寡　桃花津畔古今迷

注：予昔論陶，近三十年矣。大意謂全篇為短句，其旋律之明快，足徵心靈之妙悟，
所謂欣慨交心是也。以內涵言，或曰寓意，或曰紀實，前者謂是復古，小國寡
民；然三百篇已有樂土樂耶，其為嚮往無疑。後者為逃避，則何所逃乎天壤之
間？均知其一而不知其二也。近年來引西儒烏托邦說，亦不知此近代之發現，桃
源雖不姓陶，張冠亦豈能李戴乎？此一心靈世界，實陶公之創造，遂為吾人喜聞
樂見者，正復是「燦然有心理」耳。昔日松標，今作喬柯，足為外人道矣。此陶公
之喜劇也。白蓮尚不能用為蠱惑，若神仙說，不攻自破，故不待言。偶書四詠，辭
不達意，意本不多，碎義卻已不免，蓋可歎也。己酉重九晨，記於北京彌齋。

夜讀文選偶作（明日霜降）

西南風雨夜郎城　賦似鉦鐃怨長卿
垂白詩人流徙未　誠難卒讀茂陵文

戲題李長之著《陶淵明傳論》

緣溪或欲遇奚豪　說著桃源便姓陶
興到真如赤子樂　何關文史與風騷

注：今人集論陶文話成編，就予所見，尚可補足百餘篇，惜無日力繕寫也。李長之原

名長植，與林靜希先生同學，崇拜楊丙辰。此本則署名張芝出版，時見佳勝，然可議處亦所在多有。

再嘲莫斯科聲明　三首

一

碎葉河邊歲月稠　峨眉山下月輪秋
夜郎不是人煙地　待罪歸來大國憂（李白）

注：李白：中夜四五歎，常為人國憂（經亂離後大怒流夜郎憶舊書懷）。

二

柳條邊禁獵人過　末世閒人感歎多
輿地烏能憑鳥瞰　居民作息有人和（柳條邊）

三

長城之外烏梁素　海子閒遊羨煞人
天際不須愁日暮　空投罔兩撲風塵（烏梁素海消息）

注：予甥男甥女李檳、李櫻同赴烏拉特前旗，來函謂曾遊烏梁素。小女同學來函則
　　云：時捉得空降特務。（一九六九年十月）
編注：李檳、李櫻，為朱英誕夫人之妹陳光與李雲子之子、女。另有長男李榕。李櫻
　　為長女，李檳為次男。

純兒以體重為憂嘲之

到得天涯是知涯　不愁萬里有京華
緬懷姊妹從戎去　心廣因推國作家

注：時至瑞麗，綺、緣在虎林，其表姊弟櫻、檳在烏梁素。
　　家書描繪國慶聚餐，飲食豐盛，不啻神仙。又學得傣族語，引用以為笑樂，心境
似頗寬廣也。體重增十四斤，體形已變化。

王工侄將有遠行（西雙版納）書此為贈

小園久已似天涯　何苦尋芳到草芽
疑若焰生日及活　禁須葉落月臨花

丁男許國方投筆　笄女籌邊亦農家
遠矣無非南北極　江山撥霧看中華

注：純兒逾十七，緣女方十五，己酉立冬前一日。
編注：王工即王森然先生之長男。森然先生有三子，分別為工、農、兵。

幾多

幾多屯戍橡林深　處處哀猿不可聞
志在男兒無遠近　紅旗插遍鼓沉沉

長空

西雙版納烏梁素　兒女側身天地中
萬里只須談笑過　寒溫不計視長空

從容

重兵壓境益從容　釋卷二冬聽人風
晚好一編陶靖節　微知其意老猶龍
胸中度世人多默　河畔觀魚我自雄
爆竹花枝兒女事　高歌偶語莫求同

子忱擬議歸故鄉去有感賦律絕各一首為贈

早年不覺得英才　老去何堪辟忌猜
拂拂谷風真一往　悠悠山徑有重來
都城自古多餘裕　村落方將失詭詼
馬步行行孰側目　暮吹陣陣伴詩哀

雞犬相聞城與鄉　臨分苦語不相當
愧無辟者達相贈　白紙半張只數行

注：辟者達，寶石名，深紅色，見輟耕錄。

犧牲

犧牲一席論無神　今夕談心貴我身
自是多年闕雨露　不圖想像到桑林
星羅海外星如火　棋布人間棋有聲
何所遁逃天壤大　詩成夢影望曦晨

冬晨枕上口占

歲云暮矣一燈青　雪夜風晨度我生
已見圖窮無匕首　朝朝紅凍樹頭禽

跋

    予少時讀唐宋人近體，能以鄂音作吟謳，蓋家學也。亦習而為之而不成。年事既秋，始重複稍稍命筆，戊戌至丙午，僅得一卷，不足百首耳。丙午既過，後乃多寫。計丁未得二百餘首，戊申三百餘首，己酉約二百首有奇，共計九百餘首，皆近體也。凡有作以戲墨為多，決不足道。實者寫新詩之餘波也。題作《風滿樓詩》，四稿，分為八卷。因略志數語，過而存之。己酉小雪前一日，記於北京彌齋，朱青榆。

己酉冬作 一九六九年至一九七〇年

己酉（一九六九年）

看平復帖及林和靖詩稿

己酉大雪前五日作

病看平復正圍爐　夢入山梅水鶴圖
欲賦閒情閒命筆　謗書高束作奴書

注：予少時酷喜山谷書，久而不厭。晚乃珍愛平復帖。至和靖，惟羨其蕭散之致，殊
不欲效法也。其筆意万而不圓，實甚奇妙，即學亦不能至。奴書，唐隔晉帖之
謂，見夢溪筆談「補談」。後漢王充云：武帝不殺司馬遷，使作謗書，流於後
世，蓋駁班固所論。亦見補筆談。予詩末句，意謂無意私家作史耳。青楠自記於
北京彌齋。
予之詩病可謂多矣，詞句意義皆然。然自非病，而或以為病者，如山梅水鶴，
不知山梅常見，水鶴見杜詩，詠懷古跡：古廟杉松巢水鶴，非僻典也。以意亦
甚凡庸，不過曰梅鶴在山水間耳。夫又何病之有？所見參差如此。今我不述，後
生何聞。

無題

讀蔡中郎集、偶集其詞、略改其字、得四句

有征無戰偉淮南　靖亂整殘舊未諳
理大山川猶謂小　黃河如帶嶽如蠶

注：趙普答宋太祖問：天下何物最大，曰：道理最大。見夢溪筆談續筆談。

己酉冬作　一九六九年至一九七〇年

懷綺女

時已任執筆、蓋用其所長

虎林非指浙江城　林海雪原展大旌
有筆已投欣夢筆　請纓早說愛長纓
正因弟妹分涯角　豈顧鄉關掃月明
想像威儀生夜思　一天風雨盼朝晴

注：綺與純皆願參軍，純尤有望而終未能如願，旋遠赴西南。緣女亦在兵團，然係軍
　　工，略有不同。

追和唐俟先生為柳亞子書條幅詩（戲作）

微吟不已謂何求　四十年來尚黑頭
老我無端塗戲墨　憂公隨意枕寒流
畫眉兩地書成帙　投足片時路計牛
風雨小樓燈未滅　方謳一統又春秋

注：時方自魯迅博物館歸。予家在祖家街，距西三條先生故居稍較遠一牛鳴地。原詩
　　實為戲作。

悼唐俟先生

思君月色又如銀　　孺婦無知過此生
鈴子花開春漸暖　　蘆狐尾大水多陰
矢神把臂相思地　　遷客藏身著述林
慚愧夢遊須白日　　幾曾寒夜一燈明

邊塞詩

猨臂角弓塞上馳　　帶經未必最相宜
春光好是脫棉日　　河柳黃時叫畫眉

汪：昔時山上水手有詩云：茶能損神酒損氣，讀書應是最相宜，所謂「新道德家」之
言，四字係白道短長語也。今反其意而用之。予酷喜戴叔倫句：「日長農有暇，
悔个帶經來」，蓋喜其心境之美，不必帶經，此時此際，設帶說部、戲曲，皆無
不可，乃最受用時也。此說農暇，若風勁弓鳴，則不可帶者，又豈但絰而已，殊
不用說。

看地圖戲作（己酉大雪一日作）

公轉何妨奔月遲　　求同存異已多時
不因道子鍾馗夢　　那得兩峰鬼趣詩
碎葉川前生李白　　貝加湖上過鷗夷
柳條邊外防違禁　　紅線江頭有所思

大雪日夜雪中作

憶日來出門瑣事有感

雪夜遲眠向火時　沉思兒輩作豪詞
人生多趣非無謂　世事增華莫竭辭
老我不堪行路遠　少年有興放懷癡
身邊得此愁情減　歲暮何傷詠折枝

注：傍晚自學院歸，登車之際，一少女疾讓座次，覺甚可感！旋聞與身邊少男作放浪
　　豪語云：「我哪兒也不想去，只想各處海遊一番，然後死了就完了！」女頗多
　　姿，眉睫甚美，惟帶口罩，不得見口鼻。語時具備風韻，蓋非感傷；體段亦入
　　畫：故知是作癡。惜無彩筆，無能作新世說，或畫作朱梅耳。

緣女來札謂姊綺將赴佳木斯

聞訊風飄佳木斯　關山月總照行遲
何嘗少夢趨無夢　便爾多疑到不疑
至日仍將詩過日　小年莫屈指歸期
松花江上紛紛雪　一體痌瘝泯路歧

編注：痌，音通，痛。瘝，音觀，病。

客去

花飛疑是失人間　回首猶堪夜不眠
雪後青燈思靜悅　雨中金盞怨清寒
日常人跡疎知病　時或蛩音屢破禪
自許此生沉醉少　無言一似閉關難

注：予頗健談，亦最為山妻所厭。然語默無常，實更多默：又非所悅。

夜雪　三首

一

非關長捐素衣鮮　豈畏風塵擬外遷
雪夜冰合寒至九　曦窗夢破宿將三
全球紅旭出東作　半島明燈向曉燃
不讀詩書能過日　杜陵好語是艱難

二

予生願作魯朱家　不理終朝跡混麻
無數顆星銀漢逝　兩三番雪臘梅花
山妻貪睡真清福　愛女喜功亦靜嘉
淨土浮華思遠水　高山流轉辨寒鴉

三

衰顏竟至欲呼茅　枯淡難求相樹梢
何日飛綿成夢影　三冬長夜有花朝
封侯早是前朝事　曰悔從教細柳飄
冷暖自知分頓漸　登臨莫望小樓高

附：春冬頓漸解

　　北京的氣候差不多可以說是半年寒、半年暖的。不過三冬的日子卻彷彿是獨立而完整的擺在那裡，並且有點像孤島似的，這也就是說：我感覺我很需要寧靜的忍耐，這時乃可以觸摸得著的了。這比「冬日可愛」還更覺現實一些。

　　春天則不然，可以作個反證。北京的春天來得很遲緩，冬天老是過不去似的，不像雪萊所說的那種「冬天來了，春天還會遠嗎」的樣子，它實在來得很模糊；但是，到了時候，一下子就暖得「悔教夫婿覓封侯」了！一位詩人說得更雅正：「才到花紅已暮春」，正是這樣。冬天呢，一味的冷下去，燈也是「耐久燈」啊，而且是長夜難明，人們也寧耐著，寧耐著……

　　我是江南的人，卻喜歡聽古城的大風，大風中才更能體現寧耐的滋味。一直到春天的狂風吹起（自然，它是吹了又吹的），冬天才忽然無影無蹤了。這時，陌頭楊柳才像草葉的新綠的萌芽一般飄起拂著，逐漸變成細長的柳絲。總之，北京的冬天是漸，春天是頓。人老了，頓成了夢影，倒是與漸，成了很好的廝守的朋友。經冬復歷春，經驗有時也是美，惟布萊克深知之。予以久居，亦稍得其半解。

一九六九、十二、十一，北京

往訪燕南園

孤邨幽處卅年前　塔影依稀對玉泉
引慢聲聲客永夜　登高步步滿南園
飲茶花畔悲唐代　讀杜窗間愛杜鵑
一客不識同路到　朱家猶待腐遷傳

注：林庚（靜希）先生自廈門長汀歸，入燕大，今新北大所在地，即燕南園。予嘗偕
　　廢公往訪，此則後來事。
　　一九四三年予村居海澱，即燕南園南門外，今已圈入北大關地，其地址已無可
　　覓矣。
　　靜公時獨處一院，步步登高止盛開。
　　靜公主唐人絕句。
　　靜公謂，廢名先生嘗來京就醫，並索取杜詩著錄。時廢公隨楊振聲已調至長春，
　　將開杜詩課。
　　一客，李又然，來時與予蓁重行同路人也。予先至，李君隨即來，君以說部為
　　比，謂途中不曾爭鬥也，遂相笑語。又，靜公謂，李與廢公貌極相似，亦甚巧
　　事。李有保加利亞譯詩一種，頗佳勝，惜未及入藏烏屋。又，君所著《國際家
　　書》，方為人所雌黃，君曰：知其人為青年，殊不願打擊回去也。其後，李於反
　　右鬥爭時發生問題，遂不復相聞。予之印象，則未免過於溫文耳。李在文學研究
　　所，曾邀予往訪，予夙多回避，不能例外也。

臨戰

綺女兵團在同化地區、距珍寶島不遠

臨戰河山有小休　幾曾夢好夕陽收
一回顧裡滄桑黯　三轉彎間丘谷愁
兒輩高眉行破賊　中流能賦早登樓
江邊篷帳兼冰雪　塞上風雲古渡頭

注：水文學，以山陵為比，波起為丘，波伏為谷。

答客難

慚愧家風出浙東　光和未可便塵同
西來一葦寒煙紫　南渡諸賢夕照紅
野客牧牛亭畔宿　少年立馬嶺頭雄
詞人北國看枯樹　彩筆應須夢外逢

附錄：

　　我年少時所讀的兩位詩人是：陶淵明與李賀，稍後又加上一個：李商隱，我醉心的讀著他們的詩，這與以後所讀的許多人都是憑藉了理智的取捨是完全不同的。

　　陶詩不論。那兩位年輕的詩人大約都屬於怪麗的奇才，這和世界上有少年歌德、王爾德、愛倫坡、蘭鮑、波特賴爾、安特烈夫等，是可以媲美的吧？可是誰也不能說他們不是人生派，不是人道主義者。我讀這類詩人的創造是心安理得，絲毫沒有犯罪過的感覺。有時候甚至真是心花怒放，溫暖得像做夢。

　　或者以為，這也許是一種兒童心理使然吧？或者是，病態心理？我倒想反過來質問某些人們：人類到今天是否脫離了幼稚色彩呢？有什麼東西方的哲學

家比孩子們更加可愛嗎？

　　沒有，絕無。珠玉在前，蓋異彩也！

論詩絕句　二首

一

　　浩浩東風山谷鳴　　少年俯拾得天真
　　不疑草木多靈怪　　虎豹無知亦足珍

二

　　錦江縮手少陵老　　黃鶴無言太白愁
　　不似輞川五字絕　　悠然意盡任淹留

戲改杜詩雙韻　送春

　　南窗有寄非南畝　　北轍何心是北江
　　風細香風來鼎鼎　　日長斜日去堂堂
　　花濃鳳子無相逐　　彩異芙蓉每自雙
　　靜裡猶存春寂寂　　閉門應取睡為方

所思

曾戴南冠感路歧　　不更事只怨寒微
「祝家莊」早傳佳話　　「白骨精」今誦好辭
鼠跡狐文成宿昔　　鳳毛麟角記當時
淵明撫樹非行樂　　諸葛觀魚有所思

注：予少時曾以「過激」繫獄一夕。
　　狐文：陶集「豐狐隱穴，以文自殘。」予嘗為文「苦雨齋中」幾罹大禍，乃避處
　　海澱村居，蓋二十七年前事也。其時，予每星期一至沙灘授課二小時，此外，深
　　居簡出，惟閉門覓句耳。
　　《三國演義》諸葛亮：「臣非觀魚，有所思也。」

歲暮

小山叢桂霧中看　　幽壑長年尚豔丹
名是城居終隱穴　　真成園繭未憑欄
幾吟白玉傷春早　　竟賦朱梅喜歲寒
風大東坡公無渡　　可憐亦許道艱難

注：予少時最喜唐之二李，《歌詩》一編，實入門之書。
　　予嘗欲渡海習印刷術，將行而盧溝之役起，乃止。予生幸事也。
　　予最喜東坡和陶：「人間無正味，美好出艱難」，嘗以為放筆直幹，一似龍門之
　　桐，實突過少陵，與陶公把臂而語。

簡謝邀宴飲

閒來袖手看風幡　雁陣橫秋到晚天
論好猶傷稱有意　知高哪許說無端
窗前默默悲三影　林下欣欣仰七賢
解悶不須求痛飲　離騷原自嫋龍涎

北國

北國春來不似春　花紅卻自怨芳辰
長城飲馬鬼三窟　淺草停車月一輪
完璧重來非半璧　成塵縱積是微塵
詩人莫詠憑霄鶴　誰復含嚬樂最真

明日冬至（今韻）

寒食清明最可親　又過八十一重門
梅如寒雪枝陰國　夢是春蠶繭縛身
枕上多思無晝夜　案頭略闊少詩文
歲云莫矣關心甚　瘦島祭詩呼作神

編注：唐馮贄《雲仙雜記》四引「金門歲節」：相傳唐賈島常以歲除，取一年所得
詩，祭以酒脯曰：「勞吾精神，以是補之。」

我欲

我欲從之兩安石　　支持兒輩戍邊行
輸君一著還應恨　　垢面蓬頭過一生

夜閱年來詩卷偶題四句

風雲兒女兩得之　　氣短何曾廢賦詩
嬌鳥迎春迷老眼　　情多不及好花枝

寄純

一年遠戍念家山　　結伴青春意氣堅
最憶寒天冰雪樂　　亦知邊地草花鮮
日中市集臨國境　　空外聲繁繞塞垣
北狄狼煙無返顧　　龍睛小點待龍眠

注：時在縣城醫院看護友好。

世界

天上漸多煞風景　　月光何事尚飄香
獨斟獨處留餘地　　相破相傳遍萬方
西線走廊連北海　　東邊航路繞南洋
紅旗半捲空中舞　　大漢驅除號白狼

冬至方過乃有迎春氣氛

雪白天青可感時　　他人歌哭於斯
愁依金谷數杯酒　　愛讀玉蹊一卷詩
除夜無妨頻入夢　　迎春何苦大張旗
桃符不寫梅花落　　麗句清詞木獵奇

歲暮詠懷兼懷人

襄晚猶思獻曝芹　　初伏老馬耳偏傾
霧中花朵非無謂　　日下風塵有至情
黃髮冥頑嘲灼見　　朱弦疏越愧商音
途長亦怨知更鳥　　斜月清光願夢君

己酉冬作　一九六九年至一九七〇年

飲茶

飲茶北海夜談清　攬翠東軒舊夢新
剩欲藏詩因白傅　漫稱折角是朱雲
破家宿昔逢開國　疑古無端到守神
恕醉芙蕖當至日　香山楓葉一時親

湖上口占

一為遷客至今愁　家在江南鸚鵡洲
六十年時成半夢　八千里路可全牛
歸歟豈有嚴陵瀨　去也遍臨孫楚流
尋覓劫灰無是處　昆明湖上只春秋

傷瓶花

白雪飛花足動容　早梅綻蕊盡玲瓏
鄉愁淡泊尋佳夢　歲暮朦朧憶故朋
東閣杜陵詩更好　南窗陶令酒方濃
驕兒嬌女傷人意　折取橫枝比異同

讀《律髓》、論賈島病起詩、說甚入神、偶賦一絕

病中小雨欲侵簾　　夢去開簾望夕嵐
彷彿陰晴分語默　　應傳身事似幽蘭

一九六九年十二月卅一日，己酉十一月廿九，二九，於北京之彌齋。青榆自記

我來

我來何事素衣鮮　　四十年前尚日前
破鏡西山環枕臂　　黃昏古寺聳吟肩
人煙桔柚寒星白　　秋色梧桐老鳳丹
斷水未聞流水去　　枕邊書在眼常酸

題《薩郎波》

三年一季女戎愁　　月色無垠恰小休
試聽紫瀾狂不挽　　碧梧彫後海風秋

注：關於福樓拜，寒齋僅存劉西渭譯《評傳》及《三故事》。一九五八年偶得李劼人譯《薩郎波》，蓋舊譯也。一九七零年初，家居無事，逐潛心閱讀一過，為題數語，以志欣羨。按，福氏之書，情節大抵根據包利布（POLYBE）通史第一卷（見《評傳》），包氏謂：「戰爭持續三年一季」，李氏引史蘇之言：「夫有男戎者，必有女戎」，蓋人神非義，亦滄桑之灎也。戰史乏善可述，說部乃止於至

己酉冬作　一九六九年至一九七零年

善，斯可喜耳。福氏所欲「紫色的東西」，又別於托翁之藤色，不可不知。福氏所著，予最欽喜者實為《聖朱蓮》及《簡單的心》，閱《薩郎波》，在於考古與苦吟精神，福氏自以為失愚，尤不可及！

山居新晴　二首

一

晚風柔處落霞紅　蝙蝠多情掛石叢
尚有河源滄海外　夕陽西下月如弓

二

遠峰如羽覓雲齊　晚笑聲中過夢溪
天是珍珠雲作線　大江東去小河西

己酉除夕偶題唐寅觀瀑種杏山水長卷

風流代有奇才出　舊數江南第一人
飛瀑小橋參大道　長林老屋伴孤吟
隱居只畫幽窗敞　破卷猶存古印新
三笑傳來堪一笑　冰心原是寫憂心

注：原題詩有：未許人間一片心。

復題五絕句

一

詩思不儘管城憑　來往雲煙剩素心
倘許入林還把臂　任渠雲假復雲真

二

江南曾許號風流　畫裡清吟盡寫憂
固是佯狂不被髮　團團紫雪欲何求

三

羨君筆底有風雷　隔岸無聲落碧隈
百丈蒼山才二寸　一間茅屋舊書堆

四

我家舊在江南北　久傍揚瀾弄碧波
紫雪銀河俱非分　靜觀一似客中過

己酉冬作　一九六九年至一九七〇年

五

只把清吟伴夢回　不能泥醉作山頹
園林亦有真和贗　六十年間兩劫灰

注：原題詩有：不因忙裡廢清吟。

庚戌（一九七〇年）

八寶山下口占　三首

一

八寶峰邊景物幽　紅牆寺院小山頭
打春時節閒人少　忙裡偷閒半日遊

注：己酉除夕守歲，實守予繼母田之靈也。庚戌晨偕亦新赴八寶山，小立山腳下，口占四句。辦理火葬手續完畢逕歸，尚未過午。

二

山稱八寶繞園林　此地終焉感慨新
知死應如生有謂　儒家何事演繁文

注：八寶山環境優美，園林局種植頗密，予戲謂亦新小妹，曰甚願來居也。予頗不喜儒家未知生焉知死之論，以為重生輕死，亦不免偏枯無情。然重死又豈繁文縟禮可得而曰知之耶！亦新以為此種感歎頗有新義也。

三

側身天地貴身論　感慨無非樹樹吟
死是一生同義語　開花結果葉多蔭

注：陶公：所以貴我身，豈不在一生，十字最為平實而又宏肆，予每誦之，謂勝過全部東西人生哲學。

豪雨催詩口占（書中翻得舊作）

滿園花木舞青枝　地黑天昏憶膚施
往事莫憑誇父話　推敲便是小休時

庚戌開歲三日作

春來無夢作吟窩　倦眼題詩那在多
桃塢有時貪種杏　南村何處罷投戈
史遷少此奇一段　班固無佗興不賒
書卷猶能存夜氣　臥遊心跡為山河

注：己酉除夕守繼母之靈，家君示以舊作遊誌，是夕予通夜不眠，題六如居士手卷一律五絕句。異日予特呈錢罄室手鈔陶南村遊誌續編，賦此為記。

編注：家君，朱英誕之父朱紹谷先生，字延蓀，祖籍江蘇如皋，朱熹之後裔，詩人、畫家。係解放後北京中國畫院成立的首批畫家，曾當選人民代表，北京西城區一至四屆政協委員。

春窗對客作 (俳諧)

行將兩世漸衰殘　蜂鬧窗前二十年
每喜春風生靜境　不妨蝶舞亂愁眠
面牆長憶太平鼓　回首那堪金錯錢
對客猶能談永日　漫云紫氣虎眈眈

注：鄭海藏：隨人作七律，何異蜂蝶鬧，予每喜誦之。七律正復有此一弊。
五十年前，予家在津沽，時值軍閥混戰，興太平鼓，鼓如扇而大，或八角如八卦
圖，或圓形，以小木棰擊之，柄下繫鐵環若干枚，右敲左搖，八音和鳴，名曰太
平鼓，蓋民望也。時予幼小，不得舞弄，然甚欣羨，故至今記之。或有遣予出關
者，凶有末一語也。

謝西鄰贈墨 (滄趣樓藏)

何能垂露並懸鍼　愛畫朱梅樂不淫
屋似橫舟天岸畔　花如流水石叢蔭
倚窗曝日焚筆硯　憶夢燃燈數夕晨
豈為窮愁時有作　猶思神彩得文心

注：西鄰潘宅，與陳弢庵為戚誼，陳氏後人有在清華園教書者，破四舊時，書畫文物
曾寄存鄰宅，蓋殘餘耳。頃聞鄭蘇盦後人亦復破家，當亦有所散佚也。

戲贈雲子

林下遲君已十年　曰歸猶自滯長安
未能頭白哀庾信　早覺衣鮮笑謫仙
望帝明朝思杜甫　楊妃昔日悵周先
別離不別今和古　忝舊相知我欲眠

注：己酉除夕雲子自西安歸來探親，燈夕別去，聞得提前退休，賦此志喜。
　　昔周樹人先生欲寫楊貴妃，以其墓殊無足觀而作罷。偶憶之，深覺尚好詩材也。
編注：忝，音舔，羞辱、有愧於某，後多用作自謙之詞。

贈雲子西行　燈節前夕有雪

一

六州鑄鐵錯刀成　相砍書中少奉聞
日月有蝕星燦燦　關山無路雪紛紛
微塵世界寧生愛　片玉襟懷總是春
野史亭邊三宿客　夕陽胭粉重遷人

二

悲莫悲分唱渭城　西行況是重行行
當歸故里孤帆白　已過懸崖五兩輕
大阮方停擁大樵　黃牛如故見黃雲
蹄聲似水風聲急　漠漠田塍是綠陘

編注：塍，音成，田埂。

題滄趣樓槙藏元人竹雀　中堂

一

一枝紅雪間蒼雪　瓦雀多姿各自飛
石上蘚苔才數朵　便睎綠意滿園歸

二

瓦雀為群難數枚　花間竹裡故飛飛
不如繞屋蓬蒿草　逃過君家彩筆揮

尺八久掛壁上有客知音因以為贈　二首

一

鷹嘴頻加餐飯親　一枝嗚咽久無聲
樓頭春雨思湖海　持贈閒人奏大音

二

那比陶公弄素琴　年年四壁總生塵
山陽亦有林中客　莫把一枝牛背橫

注：蘇曼殊：春雨樓頭尺八簫，何時歸看浙江潮。予知有尺八蓋讀此句始。

病後雜詠　一九七〇年

庚戌（一九七〇年）

紋女新生女孩喜而成詠示東得

曉珠明定雪中臨　雁影參差報早春
莫詠蜒蛾宜遠望　碧天如紙寫人人

注：時值八九，因命名曰雁，乳名曉臨。

命名詩罷猶有餘興口占

一聲新雁柳絲絲　雪後風情春不遲
笑靨圓圓浮夢裡　老人臨水立多時

注：老人臨水，蓋是愛爾蘭夏芝小詩題目字樣，頗可喜。追憶也是三十五年前所讀
者也。

病後雜詠

花開頃刻鵝白雪　　已近鷹飛二月天
謝客詩蹤無雁蕩　　王維雪繪是藍田
從來秋色嘲人老　　今夕春草笑化遷
明日春分思過半　　一年一半是艱難

注：春正末一日夜雪甚大。
　　雁來紅，一名老少年，又名秋色。

夜雪絕句

夜深快馬路程遙　　細柳飛綿風滿稍
不欲送春春已半　　真虧摩詰畫芭蕉

注：王維有雪中芭蕉，藝苑佳話也。嘲之者蓋癡人前說不得夢耳。鄙意則詠春雪，蓋
　　今春多雪，春已深矣，而猶六出飛舞，志歡樂也。

二月猶雪早起飲茶口占

春水方生春晝永　　盈盈飛舞拒凋殘
邊城二月花如雪　　一盞滇紅破醉眠

春節以山雞為夜宴主肴偶得一律示兒輩

綺緣在東北、純在西南

長安市上只司晨　　留得喔啼報曉鳴
舞鏡山雞羞彩翼　　穿雲水燕傲春心
雁行道遠人還一　　花葉香濃屈或伸
都說佳節加飲食　　南天邊塞失諄諄

庚戌春分前一日飛雪寄綺

加額以手慶豐年　　明日春分雪尚鮮
花大如席人出塞　　樹微似薺女憑欄
窗前夢破晨推枕　　舞裡風生暮捲簾
萬里冰封驅盜寇　　一年思不到鄉關

注：次女綺自一九六八年六月赴黑龍江虎林，至今未歸，常有信札來，公而忘私，為
　　渠弟妹所敬愛者有由來也。然嘗有鄉關之思，今乃謂「不在話下」矣。

弄潮

無風無雨且開舫　閒看烏雲一朵晴
水手不堪白鳥遠　鷗頭隨喜碧波平
弄潮既倦觀潮急　待月時還臥月明
莫笑傷心橋下客　古今能有幾回聞

丁香盛開率爾成詠

飄香分紫白　覺悟成濃淡
空寄遠人愁　降心談對面

注：一九四三年頃與沈寶基（金鐸）在北京飯店偶赴一莫名其妙之宴會，寶基兄引法
　　國新詩句已忘，其大意謂，人離如此相近而心相去何其遠。此第四句所本。回首
　　已是二十六、七年前事。

再詠丁香

紋女手植

丁香白紫伴幽情　結舌真如暮氣深
漫向人間探好處　江南落日故鄉春

注：予少時絕喜柳惲「汀洲採白蘋，日暖江南春」之句，今五十年，猶不能化作雲
　　煙，噫，詩之纏人甚矣！

韶光

添愁童趣未能忘　　五十年間事漸荒
竹馬成雙花下過　　長留無限好韶光

觀新星作

時在學院胡同

寒煙寒雨過清明　　自有金星奪月興
千載窮白翻一葉　　滿園新綠繞連林
南山莫比悠然見　　四海應知真的親
紅了櫻桃蕉覆鹿　　等閒忘我正看人

註：華燈初上時，星自西北向東南運行，高而小，望之未能真切，及偕甥發現，已在
東南方向，將為房山隱沒矣。真有矮子觀場之感也。

憶如皋故居柘園

新綠生生憶柘園　　至今古堡記顛連
朱雲講易談何易　　李耳治鮮味最鮮
小雨多音溪水活　　午窗無夢竹風眠
不圖七百年前事　　猶有葉孫恨宋元

窟前絕句

窟前花草氣絪縕　細雨灑來五色紛
水劍一枝倚天外　斑鳩飯罷好長吟

注：石菖，一名水劍草。
　　斑鳩飯，即火炭母。
　　予藏東鄰所畫生蒲一枝，青花兩朵，寓濃至於簡淡，甚覺愛重。

詠六月雪

白馬骨非輕　星濃似馬纓
銀河來夢裡　夜雪是平明

注：白馬骨，茜草科，六月雪屬；別名滿天星。

贊柬埔寨西哈努克親王

戰備塊如金　和談紙如雲
東南遙可領　揮手向叢林

注：西哈努克鄙棄王位，當代有數開明人物。今於亡命中，逐步成為清醒的現實主義
　　者，遂為世界輿論所支持，堪讚歎也。
　　塊，出重耳出奔：乞食於野人，野人與之塊。……子犯曰，天賜也！稽首，受而
　　載之。

鯉魚洲消息

鯉魚洲在鄱陽湖　留得青春興不孤
白髮書生泥土氣　桃花源裡做漁夫

注：聞清華北大師生在鄱陽湖參加勞動生產。

懷道蘊先生

黃梅舊是傳衣處　何苦菩提樹下行
松瘦不堪歸去好　西倉話別太僧生

注：盧溝橋事變起，先生離失紅樓，住雍和宮故友寂照行腳處，予往訪，奉勸歸黃梅
　　故鄉去。先生感慨致逐稱謝。一別十年，先生重來北京，聲名藉甚，然談詩興會
　　漸淡漸遠矣。
　　太僧生，見尤侗擬明史樂府。
附記：先生在紅樓任新文學研究，住北河沿，門外枯樹一株，來去經過，嘗戲呼之曰
　　菩提樹。研究課實僅寫得新詩講稿（今存予處）若干篇。民廿九年秋予繼為
　　編寫，而詩得以獨立開課，雖自余始，然實沿襲先生之未竟之業也。又余編選
　　集，終於〈月亮的歌〉，中間實多有違反胡藏暉之處，先生歡善，謂人應感
　　謝，於茲愧矣。

青燈抄

読資治通鑑偶作

一為恐臥讀長編　　陣陣香煙繞水仙
午夜飛霜聲細細　　曦晨浴日燀珊珊
數行青史青燈下　　無限黃昏黃卷間
昔日秋郊垂柳道　　白騎年少召難還

登樓

鴨鋤起落損腰肌　　病裡多思畫入迷
小別春秋淡黃柳　　一般朝夕大紅旗
誰家鄉土平於掌　　此際心情細若絲
短巷長河君莫問　　紫煙四合物論齊

名都

蕪城廿載變名都　　胡不登臨好識廬
赤膊能沖不當洗　　平常紗裡見肌膚

注：純兒及其同伴寄沖膠捲，凡著背心者均不予洗曬，偶書此以為嘲笑。豈為上海之
裝服奇異以及髮式怪麗所波及耶？又，嘗見非洲婦女著紗裳，裝束極為考究。

病中有所思

四印從違感慨中　　三星殘月此心同
無情莫怨春風歇　　斷井頹垣紅雪濃

注：山谷送張叔和：我捉養生之四印，謂忍默平直也。百戰百勝，不如一忍；萬言萬
　　業，不如一默；無可揀擇，眼界平；不藏秋毫，心地直。（見況周頤《蕙風詞
　　話》）

有所嘲

時讀況蕙風論詞

識曲聽真舞入魔　　幕天席地看秋河
身兼作催租吏　　風雨重陽奈爾何

題陳翔鶴歷史小說

誰賜佳名今董狐　　龍門彩筆有塗樗
淵明叔夜應無論　　兒戲哀哀白骨枯

注：陳翔鶴，五四沉鐘社作家，近年來有《陶淵明寫輓歌》與《廣陵散》歷史小說，
　　蓋毒草也。「乃不知有漢，無論魏晉」，此淵明語，何不記取乎？

題蘇辛詞

天風海雨莫逼人　　已識成連欲撫琴
即使有腸腸可斷　　至今不敢學蘇辛

注：予讀詞四十餘年，今齋中惟餘蘇辛兩集，時在手邊，為題數語，以志滄桑。

道旁

晴雲飛渡樹交蔭　　細膩風光屬馬纓
不管行程有多少　　道旁小歇勝獨醒

注：余最喜馬纓樹，三十九年前余初回北京，立天安門前白石橋上，絨花樹清香襲
　　人，煩暑頓消，每一憶及，真有曾經滄海之想。予夙不喜植花而喜植樹，此花樹
　　遂不免兼愛矣。
編注：馬纓樹，即合歡，葉似槐，至晚則合；夏季開花，淡紅色，酷似以前趕馬車人
　　　所持馬鞭上的紅纓飾，故俗稱馬纓花，一名榕花。

偶憶三十年前同山妻遊陳氏花園

秘園隨喜是花朝　　人語茅亭笑寂寥
有待江山行險處　　不堪白骨亂蓬蒿

刻印章曰「閒靜少言」

春水方生雀可羅　　無魚夢裡怨南柯
恬嬉亦是池中物　　千古嚴灘勝渭河

偶論詩

六朝五代漫云云　　尚有餘勞筆未焚
已味十年天命說　　意中二李變淵明

注：予少時自讀長吉、玉谿生，次乃陶集。識廢名先生，始知上溯庾蘭成。然先生實
　　甚愛五柳先生者也。

庚戌端陽雨中作

天外招魂有所思　　雨中見夢得稱奇
求全有毀寧知道　　拱璧無玷要飾非
香草一園無並美　　碧窗半扇缺三餘
龍舟競渡江南好　　塞上休嗔角粽稀

注：傳綵於日前赴郊區支持夏收，遂不得食粽，戲為一律，實自哂焉。

重自嘲

雨中客至方知明日端陽、復書一律

清涼國裡花無數　客有不期語有常
夢後星辰明耀觸　雨中草木亂飄香
食肝誰打堂堂鼓　飲水自知默默觴
明日仍行今日樂　可能呼作小端陽

立秋日休沐偶作

他生仍願生中國　半日清談歎息長
煙雨迷濛橋欲斷　叢林濃密月初黃
忙時自笑老將至　閒裡人云秋已涼
萬里風聞颶風大　陰陰小閣倚天旁

倚門　二首

庚戌秋女綺罹病、紋女急電招之歸來、倚門口占一律

一

日日秦娘鬥曉風　　已涼天氣聽秋蟲
終年關外親飛雪　　此夜窗前畏畫龍
七虎林山關藥石　　三重樓閣佇豪雄
小園舊是埋憂地　　滿眼晴光撫病容

注：虎林縣以七虎林山得名。

二

一自海氛喧襖嘩　　木蘭舟是木蘭花
昔耽瘝語嘲醒語　　今厭朝霞盼暮霞
夢入飛紅成陣地　　心輕斜日下坡車
吟詩莫傾關山月　　照我戎裝女到家

注：女綺已二年末歸，甚覺懷念，因成二律。

謝子忱贈石　二首

子忱遯隱太舟塢，地近黑龍潭，水石清曠，日日以頑石度日，蓋俯拾即是。因草二絕句戲贈，亦俯拾也。

一

古滮山民寺遇多　愛看頑石水活活
龍潭之外尋風穴　虎跡無蹤唱奈何

二

不求安樂亦成窩　誰道門前雀可羅
能令點頭須俯首　水仙足下水增波

注：予索石一盆，欲植水仙。

藥花

予方為綺女寄藥草；子忱來，告我以靈夢為祟，予為草一方。異日子忱復告以因忙碌未即服藥；又曰，間有好夢，殊願留之，以補現實之不足也。予因憶少時詠落花之句，遂足成二絕。

一

月光不寄越關河　藥裹因風載快駝
夢好真須留夢在　由來花落不宜多

二

少年無視藥華鮮　我老衰殘畫欲眠
留病不如留夢好　落紅無數滿窗前

庚戌重九香山看楓葉飲茶對客偶題

登高不作避人狂　重九何因賞菊黃
巖下風生堂上異　天邊雁過道旁忙
櫻溝秋壑看紅日　山寺春園憶白香
霜葉如花無掛屬　似曾相識許旌陽

注：姜白石詞：西山玉隆宮外古楓，許旌陽在時物也。旌陽嘗以草屨懸其上，土人謂
　　屨為屬，因名曰掛屬楓。

編注．許旌陽，嘗汝南人許遜，字敬之，學道於吳猛，官蜀旌陽令。後晉室棼亂，棄
　　官東歸。相傳其於東晉太康二年，在洪州西山，舉家四十二口，拔宅上昇而
　　去。道家稱為許真君。

解嘲一首（代田寶琳）

豈能闊步成高視　無鬼何愁笑未休
山好多因腳力盡　微吟應不制橫流

注：田寶琳未登鬼見愁。

登鬼見愁口占

參差古寺立規模　薄霧如紗想畫圖
高視由來因俯視　昆明湖水是明珠

注：登鬼見愁望玉泉山、頤和園一帶，最為賞心樂事。此日有霧而薄，便似美人春睡
　　圖矣，然復予所企望者耳。

登鬼見愁五律三首

一

霧薄不凌霄　旗紅那待招
名園非一主　別業有雙橋
五嶽猶餘勇　三秋竟績勞
得嘲米海嶽　難折拜石腰

注：予與寶琳俱有遠遊之志，而未迨也。

二

故紙耐蜂鑽　狐裘自反穿
兵哀鬼轂從　筆放學龍川
句落吳江好　雲停八陘閑
千心無可掛　不動是風幡

編注：陘，音型，山脈中斷處。

三

摘葉似拈花　天晴淨若沙
莫尋雨粟路　可有過雲家
無意窺雙井　何能載一車
秋心求遠志　處處足生麻

注：過雲家句，山行聞歌。

鬼見愁小坐與外省壯士談

群鷹繚繞正飛天　小坐山邊似道邊
昔日威稜見行事　與言平易近人言

予欲易鬼見愁曰蛙峰

進香朝頂我何曾　　偶欲登山破惡名
識得神京舒右臂　　井蛙懷抱婦人仁

注：客有問以蛙峰之義者，予笑而不答。時予方讀書，客乃笑曰：「卑之勿甚高論」，予不覺拍案。

燕郊懷古　二首

一

盧溝莫覓張華宅　　天際輕陰似牧羊
不識踏青何處去　　曉風殘月小清涼

注：西山一名小清涼山。

二

耶律楚材何許人　　千年史事總蒙塵
昆明湖水知深淺　　時有畫船載酒行

郊園閒步

上古幽燕地　綿綿薊草多
門存煙樹合　秋老夕陽波
石徑人難遇　柴扉雀可羅
鳶飛烏兔活　頻涉為衰荷

昔遊（西沽村）

西沽禹跡無傳說　楊柳桃花哪待尋
不見高墳閒野哭　春來強作踏青人

注·蔣一葵《長安客話》：二沽口丁字沽、曰西沽、曰直沽，並禹跡疏導處。按，西沽，
予兒童遨遊之所，碧水桃柳，春遊之趣，至今去日四十五年矣，猶歷歷在目也。

與寶琳、大拙紫竹院散步　二首

一

白石橋邊樓閣新　紫篁院裡水塘深
借春十月勝三月　高柳拂天猶覆陰

注：院中古柳一株，極其雄偉。

二

塞垣已是中心地　廿載辛勤天下聞
奧廣顯微居處樂　城鄉交錯漸難分

注：白石橋首都體育館建成。

偶小飲

春窗影響啟沉哀　女北兒南酒一杯
無限閒愁深院閉　落紅成陣欲生埋

無正味齋近體詩抄　一九七〇年至一九七一年

庚戌（一九七〇年）

墓園

墓園夕照首重迴　託體山阿倦枕哀
驥尾松高空畫骨　丹青滿紙對金台

注：朝陽門外大亮馬橋予家墓園，馬尾松　株，殊特瘦硬，高蔭祖墳，可遠望。

過久行步街舊居

何時思婦淚頻傾　九十春光海樣深
長吉嘔心驢背旅　玉谿凝視獺髓吟
窮人有具無交割　降志之身枉剖分
昔日飛紅窗下路　綠苔不見失絪縕

注：友人杜文成君嘗戲呼舊刑部街曰「久行步」，並賦詩題曰「幽居」為諺，遂為口
實。然係新詩，不得徵引，因以為註。
　　按，予家於辛亥由黃鶴、鸚鵡間遷回北京寄籍，然家不在江南之皂莢園而在江
北，即如皋之柘樹園也。先人從文信國逆元兵，流落於此，親耕與織，猶有可
思。若馬尾松墓園則又是一番流落，其詳已不得而知。予少時墓園猶在，嘗有句
云：驥尾松高空畫骨，丹青滿紙對金台。今者，舊居別是一滄桑，新詩亦只是一
條荒塗；故每一拈筆，惟五七言即已足矣。此「外編」乃亦續之又續，蓋非得已
而不已也。

讀易

美好艱難兩可傷　因風驅夢聽白楊
夜窗讀易留明月　悟及研朱霧露香

注：俄馬雅科夫斯基：「我們的日子之所以美好，是因為它困難。」
東坡居士：「人間無正味，美好出艱難。」

庚戌深秋閒居作

秋光豔豔勝朱顏　鏡水生寒向碧天
黃葉滿園風既息　欲留夕照駐人間。

深秋詠懷

海枯石爛待秋潮　人事何堪誦楚騷
女望霞飛新月暮　風隨雅入古槐巢
丹青錦繡心終淡　水墨梅開格最高
莫望三山山下路　舟橫野渡鵲能橋

題王士菁魯迅傳

才出佛山詩便鮮　一閒真覺勝三閒
小樓一統蛇無足　不盡青蓮行路難

注：紀曉嵐謂東坡：才出杭州詩便深。
　　魯迅先生有三閒集。又先生肖蛇，許廣平云。
　　先生不赴蘇療養，竟以盛年病死女佛山，哀矣。

閒情

荷鏡花能別昏曉　磨磐蟻不辨東西
閒情只在窗前草　萬水千山未隔離

注：趙子昂閒寫黃庭一兩章，最可誦。予不知書，然純兒來箚求寫獨立詞，苦無紙，
　　一日紋女持生宣二張來，遂以畫筆為書橫幅寄之。時純遠在雲南瑞麗也。

儲菜作

白口何如青口甜　願留正味過新年
人間煙火艱難甚　李白惟知桔柚鮮

編注：儲菜，即冬儲大白菜。白口、青口，是白菜的不同品種。

思詩（論詩）

愁絕夕陽返照高　思詩不向大槐巢
微吟久矣無曹丕　一水晨梟勝鳳毛

注：予每憶南海觀梟，人生一樂，其癖與魏文同，然初亦不知，讀典論乃知之。子之
　　視父，蓋清才，魏武殊不能及也。近年有為曹翻案者，魏武不篡漢，何可謂之
　　奸？鄙意贊同新說，不當為民間演義左右也。故附及之。曹丕則坐享其成，此有
　　才而無學故。

夜氣

窹寐求之得未曾　一閑真可作閒吟
幾人能識人間夜　無暗無明自在清

瓶華

雲湧全無斧鑿痕　天寒窗暖聽風翻
人間零下過三度　室有瓶華玉樣溫

注：北京季候霜降後零下約二三度，始結冰。

悼戴高樂將軍

故將軍是少年行　莫作清閒夢裡吟
功未成時身已退　人間悲喜總難名

注：傳聞戴高樂將軍願望生前得見毛澤東主席，今則末至古稀，乃爾物化，哀矣。

室名

予舊日室名彌齋、用之既久、終不刻印、有秘不示人之意、今以詩代說。

桑柘影斜蒙恥地　皂莢園好竹樓迷
東西便得分南北　上下何嘗辨是非
春老兒呼捉柳絮　風狂自止看榆梅
展禽既可應無我　感舊曾題一字彌

注：柳下惠誄：蒙恥救民，德彌大兮。予三十年前自負蓋如此，本齋名之出也。

過燕南園

三十年前此避樓　柴扉不掩草萋迷
漫訝柳雪非鴻雪　自惜春泥作燕泥
默默藍田雲總幻　欣欣寒谷律方吹
煙郊十室多忠信　莫向漆園論物齊

注：往年予偶偕廢公往訪白騎少年。

題巴爾札克大傳（司蒂芬‧支魏格著）

峰高長閱世情真　腦滿焉知歎失明
心史一編青史在　由來蒙恥不蒙塵

題《梅花草堂筆談》叢抄

昨日編筆談叢抄竟

神農窟是遊仙窟　且寫筆談毋說詩
倘亦欣聞詩即病　為君一誦藥華辭

跋：予生長戰亂間，自幼至老病患之多，有人所不能堪者。然以此無微恙。重症亦惟脈硬須持續服藥，他皆根除，不足為礙矣。讀張大復小品，覺《病居士自傳》頗能寫出疾苦，而其多又甚於予也。筆談中紀病之文五十餘則，可謂不諱疾者矣。晦時因選錄大復小品成，待繕寫。此寒齋種樹書也。又嘗讀丹麥勃蘭兌斯述十九

世紀初葉德國詩人，有以病名家者；參以釋氏說，乃至尼采諸家，於醫藥文化史，殆可為「比較」之書，古今中外，資料夥頤。今則有志而未逮，姑志於此；願望成為彌齋種樹第二書，亦幸事也。筆談全書共計一千一百三十二則，附病居士自傳一篇，叢抄計二百一十八則，又紀病者四十六則，別為一卷，而以自傳為殿。上下兩卷共計二百六十五則。序而藏之。庚戌大雪前五日，記於北京彌齋，朱青榆。

憶海甸村居賞月

時方投酒、疊有狂言、二十年前抗日時事也

三山酒罷望開舡　　月過中秋秋有聲
海甸從教非伊甸　　斗生何莫是狂生
誰能飲恨巖阿去　　我欲援琴澤畔吟
不晤吳剛成逸寇　　畫刑哪似便沉淪

注：畫刑，謂畫地為牢。
編注：投酒，再釀之酒，同「酘酒」。酘酒，以酒解除宿酲。酘，音豆。

小病

天寒遠信到時譁　　小病何妨一認家
歲月既疎霜雪密　　晨昏不數數飛鴉

注：時綺女書至，多以國是為念，閱之知慚愧也，因有家韻句。

夜諷

淼然一望欸虛無　十月輕清淺似湖
感念屈平與李杜　舉頭星月是玄珠

注：予嘗選集屈陶王李杜五家詩，其中三家結生死之緣者俱在於水，不禁為之唱歎。
夜讀孟浩然集，摩詰李杜均致敬意，此即所以成其為盛唐詩風也。

自題「四味果」

舊是江南遊宦家　江幹黃鶴看飛霞
厭聞鸚鵡洲頭夢　欣遇燕支塞上花
老去杜陵舟是屋　歸來陶令菊方華
參差本是蒼生相　四味果熟未謂誇

注：予草「四味果」成，以其為最後著述，因自號果軒，然未嘗語人，草此志之，此
秘逐泄。

庚戌初雪

歡呼初雪壓蘆簾　便有春風著面鮮
過午不聞鐘動靜　一庭花發勝朱顏

聞雁小病念之甚

聞言天外到風寒　慈母將心作藥煎
老馬識途今伏櫪　畫沙容易畫荻難

注：紋女來，謂雁感冒風寒，甚慌張，傳綵遂赴十號樓。予獨處一室，賦此，覺感慨
如環之無端也。聞今年流行病，蓋一自英倫，一自澳大利亞帶米，亦未之前聞
者。日前予亦臥病三旬，乃知一小病耳，有如此海外之奇談：嗟予固陋，率賦一
絕志之。

病起庵詩　一九七一年

辛亥（一九七一年）

喜聞綺女仲春返京消息

猶可登山眺鏡湖　眼明不畏淚模糊
日光可喜柳芽碧　燈火終親赤水珠
雪裡迎春尋鳥影　爐邊伴夢望魚書
三年七虎林間客　來倚窗前松一株

注：庚戌秋日，重九梢後，登西山最高處，薄霧中望昆明湖水如鏡，老來一樂：不圖
　　乃為綺女發之也。
　　虎林，以七虎林山得名。

緬想虎林

一

肥美紅魚水可埋　條條大路柏油開
虎林不見經和傳　莫向大荒字面猜

二

無限風光照虎峰　烏蘇水畔土鳥紅
大荒今日足煙火　笑煞江東兒戲烽

注：在東北黑龍江省北大荒，非江南虎林。予次女三女先後戍邊於此。

看地球儀

吾家姊妹戍邊行　南北分稱兩虎林
想入非非夢顛倒　球儀黑白不分明

注：中國南北不等於東西半球，前者，予之想入非非；後者，當今之感夢。寒齋大
事，惟此二者，他皆瑣屑，可聞不可問者也。

仲春一夜大雪

深深尺五未瑰奇　癡凍三年足別離
聞說當歸當有夢　孰知大雪滿天飛

注：女綺來信，月初將返京。

東得南行買湖南大葉來偶飲口占

岌岌石停烏　鱗鱗魚負朱
惠茶非獎鬥　聊以潤詩枯

注：盧仝有走筆謝孟諫議寄新茶歌，范希文有鬥茶歌，藝苑以為未可優劣。

四十年紀言

四十年間萬首詩　梧桐百尺歎無枝
寒燈夜夜應尋夢　卻是朝陽照我時

綺女歸期推遲

屯戍三年何所思　雁行異動繞天遲
平沙彷彿窺人跡　春去秋來入我詩

注：連日綺純緣有信協商歸期，綺女以公出推遲，以詩記之。

喜聞緣女亦有歸期口占五首

一

劉伶荷鍤望山回　九十春光半作灰
舟屋無人人欲古　一隻紫燕入詩來

注：鍤，音叉，即鍬。

二

姊在冰天兄炎天　二年不復拂炊煙
春來窗下愁如海　此日冰魚躍似帆

三

已說歸期近　從茲數夕晨
貧家無所有　千賦雜仙心

四

霍霍麥成條　貧家小弟豪
猶存蘑數粒　為煮熱湯瓢

注：緗兒已能烹調。

五

南窗日暖月為燈　　長望春來總是春
燕到不巢花好放　　鄉心無限莫傷神

注：緣女來札，春日可歸，然有以秋為期意，欲待兄姊共同返里。以此慰之；實自
　　慰也。

月夜聞杜鵑（懷廢名）

草長誰堪老病侵　　鳶飛人謂鱖魚肥
高樓不厭多紅雨　　寒夜何妨更苦吟
雪意非花明自夢　　春愁有鳥暗相親
匡衡去後情難忘　　猶愛說詩繭縛身

編注：匡衡，漢、東海人，家貧，為人傭作；從博士受詩，善說詩。時流傳：「無說
　　詩，匡鼎來；匡說詩，解人頤。」

巴黎公社百年紀念

國際狂飆五月春　　百年猶繞舊檣雲
短牆灑血斑斑染　　圓柱飛灰寸寸焚
譜曲詩人只手重　　倚桅舟子片帆輕
聞歌起舞千心在　　無視蕭蕭雁陣橫

注：巴黎市徽為一船隻。

讀少時所譯詩卷有感放筆作

塞上孤鴻動孤客　江南三月照三星
篋中只可留諸集　天外仍當懷一人
林下吟功悲魯望　花間風度羨飛卿
寒窗放筆為直幹　一掃炎涼野趣生

憶武昌舊宅皂角園藏書樓

鬼夜哭時我未眠　一篇論斷得魚鮮
訂婚店裡書難讀　望海樓邊露早研
幾兩頻著應有數　一重更上不須三
水明四遠天將破　殘夢如花帶霧看

注：訂婚店，唐韋固旅次宋城南店，有老人，向月下檢書，固問何書？曰：天下之婚
　　牘耳。入米市，有眇嫗抱三歲女來，老人指曰：此君之妻也。固怒，磨小刀付
　　奴殺此女。奴於衆中，刺之而走。又十四年，相州刺史王泰妻以女，容色華麗，
　　眉間常貼一花鈿，固問之，曰：昔在襁褓，乳母陳氏抱行市中，為狂賊所刺。固
　　問：陳氏眇乎？曰：然。固述前事，相敬愈極。宋城宰聞之，因題其店曰訂婚
　　店。（續幽怪錄）

柬埔寨以荳蔻山為根據地

荳蔻山崖陡　吳哥古跡高
砂岩易雕刻　根據稱雄豪

綺女暮春歸來小住

亂定歸來夜　閒時愛故鄉
不堪思弟妹　異國足彷徨

東方

東方紅了綠蔭濃　紫玉瀾開咒曉風
不咒花開或花謝　只因遠客惜遊蹤

注：暮春中浣傳綵偕紋綺束得等赴諧趣園拍照，予以不能遠行，獨留牖下。

幽吟

照鏡何如看夢好　朝來逸樂在南窗
幽吟布帛菽和粟　那待示人聽雌黃

注：予生平不喜照影，又蓬頭垢面而讀詩書，性復執拗，或以為近王臨川，實者病苦
　　所致，且何敢望賢人耶？

杏花盛開

古今行路屬艱難　大筆如椽寫醉言
一樹杏花落香雪　挽留遠客佇足看

廊下

紫丁香間白丁香　春雨何曾響畫堂
竹馬只今廊下伏　童年無路可歸航

讀舊作詩稿有感

酷喜浪仙先浪語　始愁東野讓東坡
船頭撥正篙師老　彼岸何如此岸過

梅花老屋詩 一九七一年至一九七二年

辛亥（一九七一年）

辛亥夏遊故宮博物院

隆宗門額箭瘢前　　儲秀宮廊響屧還
武氏權能稱美檄　　那拉膽敢築名園
雜花是草秋雲淡　　瓦礫成堆夕照鮮
風異無驚樓角在　　尊嚴不屬殿堂間

注：門額原係李石曾書顏體擘窠五人字，頗覺刺觀，今改郭鼎堂書。該院近日始開
　　放，入伏前一日偕友人往觀。

七月十三日午後大雷雨

西風吹雨過燕城　　地黑天昏撼舊京
落葉不飄人不掃　　屋如煙艇月如舻

注：按，今年天氣預報幾無一日準確無誤，例如此日，謂有小雨，然實入夏以來最大
　　雷雨也。前者乃更有水淹北京之慮，真杞憂矣！

經待華草堂舊居

我家舊近白雲司　雨止花魂叫賣時
唯恐不深深巷裡　蛙鳴誰復問官私

登西山遠眺作

西山一覽破愁眠　萬點蒼煙勝米顛
遠望杯湖嘲遠客　沉思杓水怪沉船
知春亭裡人應二　迎旭樓頭影自三
君莫喚遊深淺去　可憐琴趣號人間

注：王靜安先生詞號《人間詞話》。

聞郭鼎堂特使病重返國有感　三首

一

一代詩才吟逝水　波斯未到令人愁
不應只作非非想　猶待欣聞詠竊鉤

二

二十年前通一札　只今世變雪成球
自然流涕驚庭眾　勉為東鄰賦寫憂

三

廢途自為病魔侵　好是閒窗未廢吟
重聽不妨身萬里　天池方喚遠遊情

注：時郭氏將參加伊朗三千五百年大慶紀念，因病重返國。
　　其兩耳重聽，赴西北，有天池七律詩，年近八十矣。
編注：二十年前（五〇年代）朱英誕曾與郭沫若先生通信一箚，探討新詩創作問題。

病後

辛亥季秋病日、百日始漸愈

病後剛臨小雪時　指椒有味不堪食
燈前目力衰微甚　倚枕能吟滅燭詩

注：印度泰戈爾有滅燭詩，少時所喜讀，至今不能忘情。

廬山小唱

攢眉我有淵明癖　風掬鐘聲向曉聞
天塌東南驚未定　廬山何故詠杞人

純兒自雲南返里

絲自金黃幾縷然　雲煙過眼厭文繁
從茲筆硯應焚卻　待客差能佐笑談

注：純兒於十一月廿四日晚八時安抵家園。將小住至明年一月中旬。攜帶回土產煙
　　絲等。

題郭氏新著《李白與杜甫》

人間缸酒勝詩篇　太白遺風伴莫談
自有口碑嘗載道　任憑明月不能圓

注：純兒於辛亥冬自雲南瑞麗返京度假，暇日買平裝本《李白與杜甫》來。
　　民間有酒店稱酒缸者。常見高懸「太白遺風」字，若露布；而壁間則張貼「莫談
　　國事」。土風如此，民族之魂。
　　四川綿陽縣蠻婆渡有李白妹名月圓之墓，墓碑已毀，惟餘「之墓」二字，其上僅
　　有一橫畫，圓字末筆也。見李長植所著《李白》。

自題《烏屋藏書小記》

�喜蘭成赤李園　思家無復夢江南
竹樓已朽梅應瘦　萬卷猶存松菊間

注：江南故家有藏書樓，不可復得矣。四十餘年予蓄書三千卷耳，經浩劫而猶存，閒
　　中把玩，每若松菊者，癖嗜在此不在彼也。友人有喜觀碑，予謂之曰賞花，因還
　　我書，戲題一絕。

北京鱗爪

杜陵野老悲詩史　宋玉原從庾信來
馭竹莫嘲梨復棗　金台夕照拂郭隗

注：予論杜、重宋玉蓋由庾信上溯而波及，不可呆相，否則差之毫釐，謬以千里，哀
　　矣！而詩史之名，實亦謬恭之類；揚之無謂，抑之無味。
　　按，庾信得宋玉故宅，於今古無厚薄意，杜述而不作，喜而聯類書之，詩則有
　　之，史則未也。然則史通才學識，寬嚴之際，殊難論定。予主寬，故悲之而不作
　　高論。而於高調之唱則嚴之而以詩為嘲謔也。

閱錢鍾書《談藝錄》有感

識字誠難書易讀　排山無恙眼能迷
望塵莫及常談耳　泉鳥樹魚語最奇

注：望塵莫及，常語耳，人人開口能說，然其出處，知之者鮮矣！此一事也。倘知
　　之，定不隨意運用。歐美語義學一出，恐口生荊棘，一語禁不敢吐。此又一事
　　也。即如錢鍾書，博學多智，而以朱排山為有語病，引晚唐章碣焚坑詩：劉項原
　　來不讀書以駁之。識字讀書差別逐顯之倒之。古有問字之說，最為可取。鄙意，
　　明時尚須問奇，況暗中摸索者乎？
附記：望塵莫及，隱逸事也，見《南史》。吳興太守王琨召吳慶之為功曹，答曰：走
　　素無人世情，直以明府見接有禮，所以奔走歲時。若欲見吏，則是蓄魚於樹，
　　棲鳥於泉耳。不辭而退。琨追謝之，望塵不及矣。

撫時

家國無事是金甌　社鼠城狐任去留
今日秉筆應秉鉞　他時埋我勿埋憂
清吟自可驅清夢　小飲真當醉小休
天下翕然學米字　紅竹一刷制橫流

注：掃出一枝紅石竹，見帶經堂詩話。按，宋徽宗問米海嶽，蘇軾書如何，對曰
　　「畫」，黃庭堅書如何，曰「描」，卿書如何，曰「刷」。（錄自誠齋詩話）

病中作藥名詩

遠志香清金不換　雙花花好忍冬藏
安然一撮珍珠母　採蚌人須喘息忙

注：時石決明進口船來多自日本。

題烏屋所藏有關稼軒著述

生死兩和議　中間詞似雲
一人獨莫酒　百世我推尊
驥尾無妨附　樓頭有倖存
稼軒真嫵媚　甘苦得微醺

注：烏屋所藏有關稼軒著述，以拙作《吹角連營》為殿。《吹角連營》一名《少年辛
棄疾》，寫辛棄疾為天平軍掌書記前後事。方欲上演，海端案起，遂作罷。因之
「四味果」惟存其一矣。

純兒代買鞋歸有感

尚買平生履幾雙　無能深淺入山狂
滿天風雪休吟味　一念崎嶇古戰場

魚鳥

魚鳥各天淵　金樽倒竹間
鏡飛雲舞影　花落雨催蓮
今古一明月　東西兩磨磐
昔來吟適越　行色壯南轅

思故鄉　二首

一

迎春飛雪沒茅廬　水際寒梅雪不如
雪繪無心思水繪　田間避寇帶經鋤

注：先人柘園公，文公七世孫，從文信國逆元兵，夜經泰州，離失後，流為農者，如皋建有祠堂。

二

昔游黃鶴水如藍　鸚鵡洲前風過幡
一誦輞川詩句好　便將江北作江南

注：先祖遊宦江南，武昌城中有藏書閣，辛亥亂後，北歸倉促，未能盡載。

壬子（一九七二年）

懷武昌故園

竊國輕輕似竊鉤　　梅花樹老始知愁
不圖繪水園邊客　　夢繞江南聽水樓

寄遠

純兒時在雲南瑞麗、西南之極

白鷗海上戲帆過　　天外傳聞對酒歌
十月借春樓閣小　　少年代醉竹枝多
翻翻冥色紅鵑集　　瑟瑟秋聲紫蟹過
安土人家無破屋　　便膺游喚愛山河

過晉張華宅故址有感

宅在盧溝橋東迴城

不見金簽櫂九莖　　山川鍾秀到柴門
「女箴」一誦真庖解　　「輕薄」時吟等劍鳴
只管寒泉薦秋菊　　渾忘碧血浸英靈
可憐一派桑乾水　　流到盧溝起泛聲

觀子昂畫馬

松雪方橫夢欲無　暮年思適默如枯
短籬尋丈非空闊　一展秋林放牧圖

注：松雪，趙子昂琴名。

和吳昌碩題雪箇畫冊

一

識途不許趙松雪　畫鬼無求虞道園
敢說山林勝鐘鼎　吾家雪箇是堯尊

二

觀生吾亦放生魚　千古濠梁未易趨
誰寫荷花如意白　海風琴趣漫相汙

題雪箇晚年所作柳蔭浴禽圖

行塘天外水渟渟　醜石從心負影形
檉柳一枝枯更淡　猶垂金線拂梳翎

杏巖春來枉顧戲贈

步作邯鄲臨吾廬　欣欣草木未扶疏
羊頭可是方竹杖　指鹿人驚馬不如

注：杏巖老有杖，杖頭刻羊，後改作鹿，終於四不像。

夢後詩　八首

一

三春作字待花紅　四月鵝毛笑殺風
未可斷流求斷臂　詩人自在石巖中

二

小園一卷「丙丁錄」豈待成家始一家
風雨縱橫嘲竹笑　道旁之築未傾斜

三

畫虎兼能畫美人　大千常見夢中身
巴黎可記鄉關語　一咒醒狂又認真

四

柳條飄拂覺春長　　未厭詞章老一窗
亦愛龍蝦伸並屈　　何須成陣絲裝璜

五

日出東南似掛鉦　　月中巖桂尚叮叮
太行餘尾花難放　　留得殘簫叫賣聲

六

一春晝晦厭朝歌　　悽絕窗前日月過
畫外不堪頻說鬼　　人間無處覓東坡

七

殘碑恰好作花看　　世有劉郎未爾便
桃李蹊邊無我處　　兩枝竹笑到腰彎

八

平生幽眇戒張惶　　斷絕名言並異香
得藉氤氳掃藝拂　　枝枯蛇死未曾僵

《梅花老屋詩》自敘

　　予家先祖紫陽公七世孫，從文信國逆元兵，夜經泰州，流為農者，夫妻親耕織，是為柘園公，至今如皋柘樹園與祠在焉。則予蓋江北人也。後五百年，家在江南黃鶴、鸚鵡間，武昌城中有皂角園，園有樓藏書；先母舊有妝樓曰碧雲，在梅花深處。然則，予復為江南之人。念茲在茲，不能去懷：故予詩草，亦曰梅花老屋，感懷也，非感舊也。壬子，予年六十，杖於鄉，衰病杜門，得以重親筆硯，因草草釐定舊作，自戊戌至壬子，才十五載，然歲月如流，恐難再得。冒浪仙雪，病起春草長，而鄉愁亦日有所增。可以繕寫矣。壬子夏至，於北京之春雪齋。

舊體詩稿 一九七二年至一九八三年

壬子（一九七二年）

病中戲作四季詩

壬子冬至後沉疴日增起色

斜月三星且掩關　花間留得露珠圓
日迷湖目空雲變　詩雜仙心入夜闌
破壁深憎真喪狗　擎幡最怕擬承盤
苓溪貢物冰魚夢　極樂蕭齋伸腳眠

注：俗謂琴島，投藥滓所化，舊入貢。杜詩：水深魚極樂。

癸丑（一九七三年）

病起作

行歌仍拾穗　身世類風樵
病去燈非夢　春來蟲似苗
昌言顏色重　變態羽毛高
不作嫖姚霍　玉門路正遙

燈前評杜詩懷廢名

烏啼攲枕聽蕭騷　側翅隨風望暮巢
兒等論詩紛意趣　燈前爭執到石壕

注：老杜石壕吏凡三本不同：「出門看」、「出看門」、「出門首」，兒輩任性，強
　　詞奪理，聞之不覺失笑。廢名於戰後有論杜之作。

吊許廣平

且介亭邊感慨新　臨終語妙亦傷神
落紅成陣楊歸墨　思婦無愁月拂塵
注釋全爭前日事　畫圖共賞十年心
慈親人重頭初白　七十六天母更親

注：海嬰為文紀念。

題郭鼎堂新著　二首

塞驢休向耳根鳴　陣陣酸雨醉鬼睛
採石江邊一堆土　濃如醨醍淚頻傾

中興閒氣傳佳話　白蹠聲名亦兩當
賣藥壺公攤最冷　尚能黃石戲張良

注：郭之新著《李白與杜甫》
編注：醨醍，音挫提，醨，白酒；醍，淺紅色的清酒。

和郭鼎堂題司馬遷墓步原韻用其體

山川鍾秀地　　百尺詠梧桐
麟鳳雲絕種　　春秋主大同
六家稱要旨　　萬里望長風
彩異傳飛將　　蓬生見黝芃

附：郭沫若題司馬遷墓

龍門有靈秀　　鍾毓人中龍
學識空前古　　文章百代雄
憐才膺斧鉞　　吞氣作霓虹
功業追尼父　　千秋太史公

鄉情　二首

江南數紙慰鄉情　　老眼模糊尚可青
傳賦難能從向秀　　祗知游喚向山林

鄉思無那度晨昏　　一片秋風蟋蟀鳴
仙藻是君君莫問　　不疑籬落伴淵明

懷崛口大學先生　二首

癡心洗耳聽春風　三十年前笑好龍
偶見一枝紅石竹　詩翁終老未藏鋒

緣木求學能擲熊　不須裝裹見神農
病梅一卷詩堪笑　曾在先生指顧中

注：崛口大學先生詠〈石竹花〉詩載《陀螺》。

憶武昌城中故園

春風北國任風狂　此夜江南夢有鄉
皂莢園中思愷宇　碧雲樓上拜菖堂
非花五里還非霧　補過三家即補亡
眉縐何妨雲漸展　幕天席地說瓊漿

注：碧雲樓，母莊氏賦詩處。

悼畢卡索　二首

幾根翎雪酒清涼　一鳥過時仰萬方
三世猶圖論開闢　隱居客裡有倉庚

嘉孺子又婦人哀　南國幽居點綠苔
白鳥已飛黃鳥至　莫從舌辯述情懷

注：畢卡索卒年九十一歲。

自題《蘆荻集》

吾師乎淵明　止酒不止水
曾見問津人　蘆減寓俶詭
儻曰盡劫灰　淵明難止酒
蘆荻秋蕭蕭　所在雲多有

編注：俶，音出；俶詭，奇異。

無望樓遠眺

荒塗又報送春忙　今古誰堪賦樂章
一角牙穿冰雪暗　三竿日照雨雲涼
山川萬里人心重　天地無邊雁陣長
上下樓高愁積遠　一帆煙水破風狂

神奈川圖贊

日本浮世繪師葛飾北齋作圖　十二首

序詩

四十年前夢破時　美人且莫怨春遲
三揚塵里仍相望　雲樹歸舟見畫師

二

三十六番富嶽風　高齡特健藥為供
山川鍾秀煙雲外　浮世傳神繪海舲

注：《輟耕錄》：題畫曰「特健藥」。

三

昨日未非今日是　移居成癖世絕倫
風光盡在驚濤裡　神奈川前舟不橫

四

大無畏也弄潮兒　白浪滔天富嶽低
雅士清才齊俯首　人間煙火出雄奇

五

百歲革新萬折心　臨終好語記須真
移情可賴吾師筆　不待成連寂寞琴

注：「萬折必東，似志」謂水。見《荀子》：「宥坐」。

六

然疑虎嘯並龍吟　志在尋山靜見聞
不把酒漿奠海若　木蘭舟上是勞人

注：「尋山靜見聞」，江總遊虎丘作。謂志在尋山，而見聞皆寂。

七

驚濤海燕忽凌雲　此日無心吊屈平
白雪作花花作浪　毋將魚腹作新墳

八

波丘波谷作潮流　石破天驚到小舟
人事參差須盡力　「自然」別有一關頭

九

莫將雅俗亂權衡　難狀何曾礙眼明
相見解衣磅礴者　一揮不待口舌爭

十

神奈川邊筆陣新　紫金魚蟹蚌珠銀
大心自是中流主　競渡兒郎嘲問津

十一

書籍相親不送窮　大風吹萬見喁喁
櫻花十里春如海　船在三神山外逢

跋詩

無數櫻花待放中　頻傳海日歎真紅
情親傘扇驅風雨　一卷離騷吾道東

注：諺語云，中國扇子日本傘，甚為親切有味。

題富士山麓掘得秦金印

湖村山裡掘金鑒　多事耕夫惹信疑
徐福得名雲海事　童男童女本離奇

甲寅（一九七四年）

賦得天馬

——病中答純兒著述之請　俳諧五首

一

天馬來西極　　知誰無足哀
蓋棺難論定　　問世早心灰
春暖懷慈母　　日欹策白駒
平生親凍餒　　十願笑皆違

注：英國威爾斯自傳，謂天馬無足，蓋不止語病，嘗以為飯後談笑之資。
　　松雪齋論淵明云，違已三病，甚於凍餒。

二

天馬來西極　　卑之駕鐵驪
一樓風月滿　　萬里驥足稀
大地春回日　　微吟夜起時
碧梧真老大　　笙管莫頻吹

注：驥稱其**德**，不稱其力。見論語，驥字本此。
　　予嘗以梧桐定命，早愛張景陽七命賦語，後綠先凋；晚喜李白詩句，人煙秋老。

三

天馬來西極　遙知汗血悲
一從生羽翼　便自失青泥
空觀逄逄白　縱觀浩浩微
四分兒女夢　三復洗兵詩

注：微韻本孔顏登泰山望匹練白馬傳說，事見論衡。

四

磨行聞有蟻　大地影依稀
潑水音塵遠　四聲出四蹄
人煙秋已老　鳥道暮終歸
絃管及時罷　歌吹是旋非

注：蟻行磨上，欲西反東，詳見晉書天文志。
　　四聲四蹄，謂之寶馬。出典不詳，或系街談巷議。

五

風雨雲如晦　雞鳴每不時
一池春縐水　千載夢遊颸
室遠誠須憶　天馬竟符推
馬蹄並秋水　掩卷望星稀

雁來

官守真為吏　殺之搖筆難
花飛綿落淚　屋傾樹擎岩
雲外原無路　人間別有天
雁來偏告語　移氣望田田

詠孔雀尾殘枝

開屏孔雀召凝眸　知我何求心更憂
居室探幽非水戶　登山起興有金樓
東南五里徘徊去　西北千山躑躅留
夢裡江南黃鶴在　岩頭問馬笑閒愁

報載史達林墓無名人士獻花

廿一年來失馬情　畫牢莫畫舊圓明
疎花兩朵憑安放　石像重承謂好生

墨梅

樹老覺春遲　花開知不知
山林非日涉　冰雪自仙姿

閒居

一葉輕盧水　閒居四十年
大風憑虎虎　春雪失關關
興至悲天暑　生知有歲寒
冰魚應不絕　結網拒臨淵

齒痛作

齒缺未頭童　然疑炳燭功
鏡中思我在　法外意孰同
此地真千古　他生果復逢
懸根蘭不畫　樓傑已三重

效誠齋

莫向閒人說癡情　真詩未許夢如雲
紅塵已了一膜隔　猶望反身染一塵

春窗夜讀隨意弄筆　三首

鷓鴣天外意無窮　讀罷誠齋憶放翁
一記南園應飲恨　沈園風信世情風

注：予嘗譜〈吹角連營〉一名〈鷓鴣天〉，記稼軒少年時事，因治宋史，遍閱兩宋詩
　　家專集。惟石湖末及記言，蓋興已闌珊，時不我與，有足悲者。

漫詠田園參政嗔　他山果道此山尋
無思汴宋哀杭宋　猶喜城居卜范村

注：石湖早時曾取唐人「只在此山中」自號此山居士。又，閱杜光庭《神仙傳》，記
　　胡六子自昆山風海至范老村遇陶朱公事，大喜曰：「此吾里吾宗故事」，因題城
　　居別圃曰「范村」。

南渡詩心日又斜　誠齋嬉肆生龍蛇
移人竹笑三三徑　異日菊開一一家

注：誠齋嬉肆之作為一寶山。大方之家必勞歧視，然吾心既回，徒歌奈何矣。

夜讀誠齋集作

心中閒事無多少　妙絕銀塘漁笛風
一錠萬年紅未了　懸弓月好聽冥鴻

西窗

懷馮林二先生偶然作二首

一

幽窗靜好落紅新　石竹花開午蔭清
三月不知春已暮　江南猶夢少年行

二

如是我聞非樂貧　西窗獨宿守千心
愛奇韓老因同傳　別後三人共月明

暮春緗兒撲墨蝶甚大口占

　　風氣華胥依舊　　昔來今謂何如
　　不落言詮說夢　　人間櫟社蘧蘧

編注：櫟，音立，木名，果實叫橡子，葉可飼柞蠶。櫟社，神社旁的櫟樹。莊子《人
　　世間》：……見櫟社樹，其大蔽數千牛，……。
　　蘧，音渠，草名。蘧蘧，高聳貌。

晴日見西北山巒作

　　右臂欠伸橫　　秋高坐詠檉
　　一牛何足戀　　驢背重新晴

望月作

　　情性不移月有陰　　世風日下思方深
　　三歎避影人終老　　故國螺舟早自沉

方塘

　　方塘不欠擲魚梭　　末世光陰亦易過
　　逆旅何須逆人意　　殘荷聽雨作於荷

春來

擬製自輓詩及遺囑、旋一笑置之、口占廿八字

世有可人招費呼　漫園花徑歎將蕪
不期來日燭搖影　遺囑何堪大特書

大病得少平復

追和苦雨詩兼示琦翔

此身不是鳳凰兒　居未須移氣自移
莫向西來參意趣　庭前柏樹尚青時

注：時方草集序成，以示琦翔，並以此為贈。

飯顆山房落成題壁　六言

一

一兩筆墨樹石　天空湖水其餘
出處一張白紙　半生平實無奇

二

楚腰不緣饑餓　憑君喚作麻蘆

竹笑要非僻典　做詩喝雉呼盧

三

飯顆山居午夢　夢向竹樹蕭蕭

隨便呼牛呼馬　東風過耳悄悄

編注：飯顆山，傳為長安山名。李白詩〈戲贈杜甫〉：「飯顆山頭逢杜甫，頭戴笠子
日卓午。借問別來太瘦生，總為從前作詩苦。」後用「飯顆山」謂人寫詩作文
拘謹吃力。此亦為戲言。

病中題畫

八大山人柳蔭浴禽圖

病有病福俄諺　難期特健倪迂

枝柳疏疏飄拂　浴禽振翼成圍

飯顆山房布置停當率成一絕

飯顆山房鴻可聽　岡簾斗室對七星
夢鄉此去無多地　惆悵一燈耐久青

注：甲寅四月初十，六十三歲初度，午睡起來作。

病中閱何慕燕撰文

兒女應無恙　閒庭嘯詠多
荷缸來瓦雀　戲雪聽張羅
禦寇風吹哄　揚塵夢渡河
莫思辛黨筮　湫隘笑相呵

注：炳棣與予為五十五年前竹馬交。少時與炳棣嘗藉辛黨相嘲謔。
編注：筮，音是，以蓍草占卜凶吉。

再用韻　並用變體

武落茶非馬　文離字換鵝
臨淵沈玉極　望水碧如羅
去歲黃蜂活　林間覓舊窠
虛堂朱墨淡　亂世二臣多

自題詩草兼戲贈慕燕

捫蝨成一代　班荊話不辰
冰開楊柳細　雲重紫山雲
類我虎同鼠　非人黨亦辛
甘泉君莫賦　腸斷夢求伸

注：《捫蝨時代》，戰後詩文小集一卷。
　　德倭鏗，比一代為夢中之一蠕動。
　　慕燕習德語，為清華留德交換生，曾以事得罪作罷，因以為戲。
　　據梧老人，甲寅春分稍前作。於北京逢白齋。一九七四年春。

無題

甲寅八月綺女自虎林返京度假、以香菇燉雞、食之味甚美

千年醞釀相傳裡　宿昔曾聞到老窮
七月豳風勞破斧　無文天問但書空
西方不出西極馬　四海相關四壁蛋
莫管美人香草事　何當滅燭聽歸鴻

編注：豳，音彬，古國名，在今陝西彬縣一帶。周代公劉始遷於豳。
　　　《詩經‧大雅‧公劉》：「篤公劉，於豳斯館。」

飲蜂王漿

補酒、綺女自虎林攜歸一瓶

茶煙嫌迷霧　　杯水井花魂
惟取養生主　　寧為齊物論
金巵人捧露　　玉斧影翻瀾
白蜜疏無怨　　應嘲賦屋禪

注：唐子西在惠州，名酒之和者曰養生主，勁者曰齊物論。
　　嘗作短論曰《捫虱時代》，嬉肆之作也。因以自嘲。

和郭鼎堂近作七律二首　第二首散體

一

重聽短述淚沾唇　　四十年前奉女神
峰壑豈知今有變　　子文應審久曾分
鄙言累句鮑明遠　　秋水長天庾義城
折骨哪須兼折肉　　黃金台畔佇悔人

二

秋來未見風雷異　　豈意漆園方竹枝
彩筆已枯仍畫馬　　詩人垂老未脫皮
一珠只戲雙龍子　　雲海何曾爭得奇
大錯無非誇大耳　　九州鐵自鑄行輶

注：子文句：包世臣文「與子分自子政始」。
　　秋水句：山谷偶誤作義，遂成故實。
　　折骨句：原詩有「知有神方醫俗骨」。
　　大錯句：原詩有「十批大錯」云云。錯亦爭第一，噫亦奇笑。

盧溝小記成適客至因追懷往昔作

行囚負重駝鈴細　　夢似探幽花雨濃
靈沼引泉疑裂帛　　漁梁枕水邈垂虹
大風吹葉無岩穴　　匹馬空群剩塞翁
新月何如殘月好　　哀君猶自辨西東

悼天祿姻兄

冰雪聰明今世無　　等閒一日墮模糊
弈棋八陣石頭爛　　飲酒千盅五指疏
雲起為心哀後綠　　鴻飛於夜贊先驅
昔遊長白山前路　　冰是磨兜雪片龘

注：後綠，見《七命》。
　　磨兜：晉太康中治河，掘一石人，曰「磨兜堅」，其背有銘，皆慎言句。

舊題作「冰雪詩」，實輓歌也。
戰後曾有遠行，借居天祿處，始知天祿別號勞人，主編盛京時報副刊，為名記者。
於左翼作家多所支持，而言之淡然，蓋「夜人」中所難能者。末二語之背景也。
丙丁間偶赴石雀胡同，適天祿外出，案頭有《桂林山水》小冊子，題詠四絕而
去。是夜天祿乃以細故被查抄，予亦幾罹詩禍。幸得側身過，而吾二人已均垂垂
老矣。天祿曾作小品文三篇，為人所簽，以「右派」得罪，兄殊不以為然。然亦
不以為意，蓋才情過人也。甲寅夏，天祿思之不得志以歿，率成一律，並示兒
輩，使略識前人之苦辛。佩筠來，因以為記。

甲寅重陽前二日，魁父於北京彌齋。

編注：天祿，即陳受全，朱英誕夫人之兄弟。
　　　佩筠，即陳佩筠，陳受全之女。

秋園 再哭天祿

重陽前三日夜，陳光賢妹來小坐，家人漫談間，覺有可詫，質疑，果然天祿已物化，今已一季矣。燈下草輓歌罷，復書四十字。何乃不得而知？意者人事參差，物論難齊，予欲不哭，豈可得呼！嗚呼！

山水成詩案　　側身過而存
非關文字障　　無那禍福門
紫菀香猶繞　　黃花寒正繁
秋園來蝶舞　　更靜不須論

夢遊病

「小園主客三老圖」並序

一九七一年冬，予一病幾殆，三年間行不離杖，睡不安枕，其苦難名。語云：病來如山倒，病去如抽絲，信然。蒙二客不棄，時來小園相就，而一客喜遊，一客善睡，又一似相識焉。晦日草「夢遊病」六言三首，蓋解嘲，亦予「小園主客三老圖贊」也。爰示二客，以為天寒日短談笑之資云爾。甲寅重陽後三日，傑西老人，於北京右臂山房。

朱丕勳先生贊　夢

起身剛認兩履　　飯後一枕黑甜
佛說「以眠為食」　毋愁食肉流涎

田寶琳先生贊　遊

十年大飽眼福　哪計鞋襪生塵
曝日何堪港口　管他「狗盜雞鳴」

J‧C自贊　病

天大何愁鬼見　山高人羨能攀
病去抽絲未盡　嗟予夢裡稱瘯

跋「夢遊病」詩

自是孤居有福　升天在前然疑
或者成佛在後　維摩法喜為妻

注：予病前嘗與李大拙先生、田寶琳先生取小徑攀登「鬼見愁」，寶琳兄半途廢然而
　　返。今年春，田先生獨游，亦步行至絕頂。此韻事，不可不贊一辭。
　　朱、田兩兄均已孤居。三老圖成，復以一詩為跋，實解嘲語。

自題右臂山房壁

　　癸丑春，緣女、細兒修葺斗室成，予為題曰「右臂山房」，以撤換舊「橫翠精舍」橫幅，遂為讀書處。晦日復擬以竹垞體書一律懸壁上，匆匆不晦作草，僅伸敗紙，付之寄意。甲寅立冬前四日。

掃晴娘指到扶疏　　病起觀生愛吾廬
一角西南家萬里　　千心上下國虛無
華嚴論定躑躅甚　　說難才難滅裂福
斷壁殘垣山隱約　　東家之子面模糊

題壁詩

詩為小道又居旁　　鎮靖石龍了若狂
花莢清流君莫問　　才思猶昔病增忘

冬至後一日釐定詩文成率題一絕示晚間來客

近之纇我求埋我　　遠矣問天得對天
惟爾鹽梅和亦好　　且拈陶可學烹鮮

甲寅寒冬大今歸來探親持昭君詩來問晦日草此為贈

一

謂自昭君塚上回　青青河畔莫銜枚
片心好寄花和葉　春日芳鮮秋日衰

二

今年更較去年忙　天自惡圓竹自方
畫虎未成寒未盡　不堪殘白對新黃

注：一九七五年春及甲寅方交二九。

編注：大今，即潘大今，朱家居祖家街之鄰居，純、緗之玩伴，今已過世矣。

歲暮雜詠

縱橫上下唯思適　南北東西此用中
詩老不知梅格在　寒花冰雪盡玲瓏

一樹婆娑淡欲無　草堂詩是枕邊書
風塵何必三稀客　日短天寒獨守株　　（明年乙卯）

三竿日上夢方濃　解凍東風雪自紅
一窟仙遊無鬼瞰　由他談笑並談龍　　（客至末起）

令人豔羨傲寒天　大未完中小未完
我是春前一堆雪　可憐三窟對三竿　　（雁來寄居）

近十年來北京少雪驚蟄前一日忽大落鵝毛

京華幼小難相識　語默無常怒醉人
無復荷花如意白　鵝毛一起夢多春

昔遊　驢背作

偶影秘遊蹤　斜陽驢背紅
故鄉欣破夢　他日厭屠龍
一樹堆南雪　長空聚午風
獨來還獨往　趣異略忘同

水調歌頭　悼詞

　　罷寫幽蘭賦，長嘯盼熙蒸。腳力盡時山好，我志在攀登。極目暮霞千里，明日來尋往茲，遺影尚凌雲。方死方生處，辟國論堅凝。

　　風過耳，鳥過目，賴清澄。五十年間流水，活活繞田塍。重上井岡歌罷，再誦鳥兒問答，大道直如繩。但問耕耘事，重語夏蟲冰。

輓詞

　　風正高時垂翼，紅旗半捲波瀾，淚落江河衍土地，化為千葉白蓮。

丙辰（一九七六年）

百字令

經冬歷春，待飛光慘澹，碧桃灼灼，濁醪獨斟那可說：醇者日趨其薄。烈日當空，清陰匝地，花下人自若。葵心菊腦，誰道炎涼盍各。

何苦縱論屈伸，嚴光意懶，當年只一腳。無悶不管遯世好，只在可支其樂。賢者無心，清暉笑我，一味栽紅藥。荒塗難越，一楓掛屩綷約。

鳧晨　丙辰　清明後一日

編注：盍各，盍音何，論語、公冶長有「盍各言爾志」語，後以盍各為歇後語，猶言各懷己見。

嚴光，字子陵，後漢隱逸之名士，有高名。少曾與光武帝劉秀同遊學，劉秀稱帝，嚴光埋名隱遁。劉秀派人覓訪，徵召到京，授諫議大夫，不受，退隱於富春山。後人稱他所居遊之地為嚴陵山、嚴陵瀨、嚴陵釣壇。《後漢書》載《隱逸傳》。

遯世，遯音盾，遁之本字，避世義。《易·乾·文言》：「不成乎名，遯世無悶。」《禮·中庸》：「遯世不見知而不悔，唯聖者能之。」

屩，音決，用麻、草做的鞋。

刻印　並序

　　癸未春夏之交，予以事避處海澱鄉居，偶取夏後鑄鼎鯀，顏我室名曰「逢白齋」，以逢字音讀少較生僻，故不常用，亦未刻印。近年來有歌唱家朱逢博，聞人呼之，自然無悮。因思予不知生者可熟，遂流為操切也。又，予中年以後自號「青榆」，蓋紀實也，別有記。以與象徵派詩題巧合，故亦未嘗正式用之。晚乃悟及，青字何如清字？「清以致其涼」（見曲禮）是也。十數年間不知清字勝青字百倍，誠昏聵也。一旦無意得一佳字，其樂將不可支，因刻印，並口號一絕，略記其苦趣而止。丙辰初夏，於北京禮寒山齋。

逢白衣裳亦欠香　寒冰清以致其涼
京華歲月模糊甚　此日心安客夢長

注：山谷見花光仁老畫墨梅，歎曰：「如嫩寒春曉，行孤山籬落間，但欠香耳。」

朱德元帥輓詩（散體）

哀樂頻聞知復誰　棟樑木壞並山頹
不應老馬惟伏櫪　也種幽蘭也做詩
笑口常開從吾好　濃眉偶縐惡人為
等閒又悮庸醫手　良相何曾欲賦梅

題鼎堂老人蓄鬚照片　俳諧

黃金台下馬蹄香　怪道詩人老更剛
聞說佳人常作賊　目為才子便須狂
莫將米字稱高壽　漫自菩華詠夕陽
兩面派中特健藥　女神魔鬼話西窗

丙辰秋三聞哀樂作

一

不管江南秋雨桂　重來塞上作民先
月圓時有雲遮卻　可是吳剛索醉眠

二

月最圓時雲擾波　大風一夕起哀歌
秋香不舞嫦娥舞　伐木丁丁積木多

和馮芝生親字韻作

黑紗與白菊　人物盡珠塵
美雨聞興唱　觀風歎守神
小園吟後綠　四海見先秦
約束非官吏　神師未可親

注：今日報載馮芝生先生〈長懷化雨恩〉一文。

水調歌頭

戲和鼎堂老人近作：粉碎四人幫

烏鰂魚雲捕，蝦蟹可論筐？秋高氣爽時候，把酒慰剛腸。原道「引狼入室」，狼早隱藏室內，狗呀並非狼！吠影吠聲者，如豹嚇人狂。

問征途：靠遵義，有夜郎？「硃都」安在，十年歇浦嘂商羊！地有英雄故里，人有鐘靈煙水，天馬笑螳螂。女佛山前客，擁帚斥攙槍。

注：美國洛葛仙妮‧威特克為江青作傳，傳聞名曰《紅都女皇》。
　　攙槍，彗星的別名，取除舊更新之義。

解凍偶小飲戲筆　二首

一

捧瓶看吐水於瓶　類我從來贏負螟

未必詩腸真欲斷　杜陵「酒渴愛江青」

注：揚雄「太玄」：雖有傾城之言，能以水拒之，災無由生，故曰吐水於瓶。
兒時嘗於名園見荷塘邊捧瓶白衣大士像，心欲皈依也。

二

醇酒每聞伴婦人　毛台何似鳥鳴春

醒狂天下滔滔是　擾擾但知論屈伸

注：家先生句云：我亦醒狂多忤世，可能還贈一言不？醒狂作諷辭用。案，漢書《蓋
寬饒傳》本義是咒語，今本之。

滿江紅　用鼎堂老人韻

——贈歌手郭蘭英

樹木十年，唱文官，薄今厚古。看百花，縱千言萬語，嚜不
能吐。留跡何堪鼠數錢，當時也是紙老虎！夜正涼，毀棄任黃
鐘，鳴瓦釜。

莫妄聽，評《水滸》；鸚鵡舌，充郢斧。甚皇都有女，尉繚獻賂！陝北民歌繡金匾，難容難點鴛鴦譜。覆總理，曾是此紅旗，又高舉。

微吟　並序

　　予既數和鼎堂老人近作，客有擬議寄《詩刊》發表者，疾口占一絕答之。昔馬祖欲築庵，一夕而垣合，因自歎忘道德，乃為鬼神所覺！豈予偶或流露技癢態乎？嗚呼。

　　　微吟曾亦換微聲　　偶別清溪詩盡充
　　　不比築庵歎忘道　　願留一角照驚鴻

注：清初易堂九子，其一魏李子，布衣詩第一。有〈乘月渡海歌〉，甘健齋評曰：
　　「和公跋此詩，言『有詩而不有。其廣博深厚，瀁洋恍惚，為海所勝，神情不自
　　王，謂之充詩。』予極賞讀此詩，正自神情甚王，足以勝海。」

謝帶振先生惠毛冬青

一

　　　不為良相作良醫　　鞭藥神農事未奇
　　　便是劈柴承送炭　　天寒日短雲晴時

二

年來藥裡關情甚　淡不嗔時詩亦宜
南國一枝稱陰渴　冬青紅豆各珍奇

編注：帶振，即王帶振，朱英誕夫人少時同學。

毛冬青試之有效感賦

送酒無人衣尚白　已能安枕我何求
一燈雪後青熒甚　風滿樓乎月滿樓

秋雪　二首　病中作

平生絕少逢秋雪　觀賞無殊四月春
冷暖自知差自喜　葛洪仙令苦難名

注：抱樸子有云：「人不自知其體老少痛癢之故。」語至悲慨，可以深長思也。

病來五指得從容　秋雪作花此日逢
綠綺不堪愁裡聽　無絃那得比無聲

注：近來極少做詩，冀平病中就便，偶來小坐，為寫「紅蜻蜓的頭」，並戲為之註。
編注：冀平，即武冀平，朱英誕之學生。北師畢業，多才藝。昔時以散文稱，後致力
　　　於俗文學以及兒童文學，資深編輯，多有建樹。

丙辰冬答桂英問稼軒詞　四首

一

水龍吟好側金巵　國是新來有所思
異果未聞呈異彩　文官無意問花枝

注：稼軒水龍吟計十三首，所問當以詠范氏文官花瑞者為是，然亦臆斷，此不可
　　考，亦不必考也。稼軒詞：算風流未減，年年醉裡，把花枝問。范氏花瑞見
　　《陵陽集》。

二

一花獨放碧成朱　錦帶憐裙色不孤
野物犧牲羞作賂　文官考罷看文無

注：「野物不為犧牲，雜學不為通儒。」《尉繚子》佚文。案，范睢曰：「遠交而攻
　　近」，尉繚曰：「賂其豪臣，以亂其謀。」秦並天下，得力於二語，蓋創謀於
　　范，收功於繚。頃聞今銀雀山古物中有其遺著。未見。范氏花瑞，粉碧緋紫，見
　　於一日之間。稼軒詞原注亦云：花先白，次綠，次緋，次紫。又，文官一名錦
　　帶，叢生如錦。葉始生，柔脆可羹。見林洪《山家清供》。此可考者。

三

忘情亦是詩家事　休唱擁琴鬼趣圖
鱗爪不因風雨動　用晦試一讀龍虛

注：擁琴，劉改之事，《論衡‧龍虛》第二十二：「龍之為蟲也柔，可狎而騎也。然喉下有逆鱗尺餘，人或嬰之，必殺人也。」案，通津草堂本最多悞失，茲據韓非文校正。

四

歸山深淺聽關關　亂髮難成字一團
錦帶何如書帶好　風吹無那到文冠

注：今人改文官為文冠，蓋自命風雅，而弄巧成拙，欲蓋彌彰，謔不可解。板橋題冬心詩：亂髮團成字，深山鑿出詩。

編注：桂英，即宋桂英，朱英誕之學生。

周年祭題總理伉儷小照多幅　四首

一

治大國如烹小鮮　知人何苦萬人傳
持荷作鏡模糊甚　羨煞詩狂石作箋

注：詩狂五字，宋人成句。「四五」詩抄，頗多佳作。

二

未許識途誇伏櫪　過江擁雪有鄰邦
欣聞無子之慈母　天下重承試一匡

注：鄧穎超將往訪緬句。

三

江河未可動飛灰　鵲亦高高不染埃
竹馬猶存人自老　濟時正爾賴鹽梅

四

窮山放虎賦詩騷　搖碧齋中髮欲飄
昔日持槍今執筆　亦曾拍案嚇白貓

注：劉玄德入蜀，顏嚴歎曰，此所謂獨坐窮山，放虎自衛也。見《華陽國志》。
　　杭宋時，西湖有小船，曰：搖碧齋。見《南宋雜事詩》。
　　畫舫共濟者，周鄧外，為陳毅、張茜。照片上端印有詩句。

丁巳（一九七七年）

嘲鼎堂老人　有序

　　一九六七年夏，在亞非作家常設局討論會上，郭老致閉幕詞，臨末，誦自作詩：「獻給江青同志」，有「你是我們學習的好榜樣」之語，見人民日報（六月六日第四版）。今不足十年，賦〈水調歌頭〉，基調遂成。嗚呼，無乃宋人酤酒，懸幟甚高歟？

報導春回又有詩　　伊誰重聽樂難支
繡金匾與白毛女　　絲竹何如肉尚奇

注：總理逝世一周年紀念日，天安門張貼去年的詩，曰《四五詩抄》。
　　絲不如竹，竹不如肉，漸近自然。語見晉書《孟侃傳》。

自題《擁雪集》　二首

一

一絲無損毛叔鄭　　九土難埋周亞夫
低調偏能和白雪　　昭昭大事不糊塗

二

葵鄉一事號空前　小婦心高大婦賢
撫目止之哀馬白　日明雖智弗能然

丁巳清明口占　二首

一

春風料峭哀羊角　大快人心名可名
一盞寒泉重與奠　家家禁火度清明

二

清明前後雨霏霏　莊惠猶存尺一捶
棺已蓋時論不定　天安門外織鳥飛

人日獨斟　並序　二首

予生平不解飲，頗以為憾事。今入春以來，乃每餐服枸杞酒，然僅半杯而止。口占二絕，美獨斟也。

一

入洞求珠梁武帝　　當壚賣酒卓文君
人間到處風和日　　無肉無絲送夕曛

一

去詩十萬八千里　　道是離家亦不妨
許我酒腸寬似海　　居無竹笑有文章

注：醫書曰：離家萬里，不食枸杞。

憶秦娥　前後闋　用鼎堂老人新作韻

寒食雨，無從偶影悲黃土。悲黃土，樹木無心，野哭何苦！御河柳外傳薪處，前門樓下人無語。人無語？清明禁火，說鈴說梏。

寒食雨，無從偶影悲黃土。悲黃土，樹人情意，一夢栩栩。春來墓木拱如許，依然紫燕穿楊舞。穿楊舞，千花成塔，火炬高舉。

重讀毛主席十月十六日信（手跡）作　三首

一

水木清華樓亦迷　芳園原在故城西
誰能馬上續殘夢　路繞羊腸調自低

注：胡適，胡藏暉，舊屬「低調俱樂部」。

二

二而一之人與地　澤旁陽鳥未安居
放言不作平心論　黃葉村中自著書

注：禹貢：東匯為彭蠡。彭蠡無決潰之患，則澤旁洲渚，隨陽之鳥，亦得安居。
　　林語堂著文，曰「平心論高鶚」，原本胡藏暉考證。
　　近來有滿族人考證，曹雪芹故居在西山腳下黃葉村正白旗三十八號。

三

高唱曾隨舉世狂　說雲無補製衣裳
秋行春令風成信　七月雨來尚畫薔

注：初，俞氏以新詩紀實，作〈七一‧紅旗‧雨〉，寒齋入藏一紙。

海澱種蔬

商山新詠難卒讀　　祇向閒窗覓舊題
我愧子房惟善病　　種蔬知味夕陽西

注：今秋，或以「四皓新詠」相告，又或推斷為清華園中老宿所作。皓首為期，惡空言之徒托，略書二韻，用志歲月。

題杏巖老人為綺女所作杜鵑花　二首

一

朱朱白白摵沉泥　　萬物相鮮夢未迷
已厭秋前聞幕雨　　杜鵑休向耳邊啼

二

杜鵑花是杜鵑鳥　　無愧空中聞異香
一夕便為神鬼覺　　何妨錦繡築垣牆

題杏巖老人為緣女所作鳶尾花　二首

一

琴自無弦情自移　園荒休歎鳳來儀
鳶飛魚躍平常見　蝴蝶黃時是後期

二

鳶尾花開美十洲　我詩宜老復宜秋
小園此夕垣牆合　鳥白頭時屋似舟

題杏巖老人為紋女所作蘭草

智過其師信不疑　畫蘭以怒氣為之
短歌不作瓊瑤報　白紙一張畫家時

再題杜鵑畫幅

鳳兮百三十九見　女綺離家今到家
色不如香香即色　杜鵑鳥是杜鵑花

注：漢章帝時鳳百三十九見，麟五十二見。
　　西班牙賽凡提斯云：「誰能夠築牆垣，圍得住杜鵑？」（唐・吉訶德傳）

題吳昌碩畫桃

一

一枝斜掛召猿猱　悽絕年高月更高
名可名之寒與石　不當夜夜醉仙桃

二

朱顏便是卜八九　木必寒桃剩二三
不射石來休醉覓　春風花信聽番番

注：缶廬畫桃自祝六十，辭曰：瓊玉川桃大如斗，仙人摘之以釀酒，一食可得千萬
　　壽，朱顏氣如十八九。

嘲唐六如

書卷差多唐六如　桃花渡口度華胥
風騷無復行吟事　玩世詩人號大儒

注：予家藏六如山水手卷，頗覺富有書卷氣，殊可珍貴也。

題昌谷畫像有懷道蘊靜希

未知花塔果何在　惟向窗前覓舊題
白騎少年仍綠髮　傷心獨見病狂時

注：靜希先生曾刻印曰「白騎少年」，廢名居士致予小札間亦戲稱如此。
　　丙辰有「四教授勸進書」，傳聞靜希其一也。

聞靜希披禍作（似為口過：開講玉谿生詩）

白騎不嘶柳髮稀　風生無事愛無題
試看庾信求諸夢　並讀玉谿賦得難
何苦花開化一笑　不須踐踏作春泥
一枝臨水仍獨放　猶自嚴妝翠黛迷

戊午（一九七八年）

題杜鵑、鳶尾

——杏巖老人為綺女緣女所作

文字掃除書卷忘　朝朝不廢著衣裳
成陰葉暗濃於釅　入畫紅飛冷若霜
移琴就陰吟長日　攫發旋毛破大荒
明窗無意讀洪範　鯉尾猩唇思夢鄉

注：前人云：「已忘胸中書，並掃文字軌」，今予一語以了之，小可喜也。然實得之
於劍南詩〈幽齋書懷〉：「沴氣深知要掃除」，自以為得其大意，少時作〈茶之
杞憂〉一文曾引用，根深葉茂是也。
鯉尾猩唇，李長古「大隄曲」：郎食鯉魚尾，妾食猩猩唇。

朱青榆　戊午雨水前二日，燈下補註，於北京彌齋

十一年小記

雞鳴聞竹嘯　花飛看竹笑
樹木過十年　昆侖已可教

注：唐貞元中祈雨鬥樂，康昆侖於街東彩樓彈琵琶，莊嚴寺僧段本善於街西彩樓亦彈

奏新翻羽調綠腰，兼移在楓香調小撥，妙絕入神！昆侖驚愕，拜請為師。德宗召入內，段師奏曰：「且遣昆侖不近樂器十年，俟忘其本領，然後可教。」詔許之。（詳見《唐音癸籤》）

臨江仙

——和趙樸初〈讀周總理青年時代的詩〉跋詞

生有源泉無死理，真詩玉潤珠溫。禁錮沐雨哭吟魂！千家歌血淚，萬戶莫清尊。

紫燕未飛河柳綠，人天冰雪猶存。番風廿四拂城村。曇花誠一現，桃李不須言。

朱青榆　一九七八年三月五日　驚蟄前一日，於北京石木庵

閱綺女七月來札感賦

長征猶自等閒看　　十載飄流未說難
新月彎彎殘月好　　種松粒粒潤松蟠
露珠沾溉懸根草　　汗血翱翔不羈宦
樂奏還京鄉夢穩　　一江秋雨望風酸

注：末句，見李賀〈金銅仙人辭漢歌〉：「東關酸風射眸子」。

題杏巖老仙為綺女所作杜鵑

屯戌十年豈等閒　　從來美好出艱難
牆垣無畏鬼神覺　　不作芙蓉作杜鵑

　　　　　　石木老人戊午處暑後一日　於北京禮寒山齋

注：東坡和陶句云：「人間無正味，美好出艱難。」
　　昔馬祖欲築庵，一夕而垣合，因白歎，以為忘道德乃為鬼神所窺。西班牙賽凡提
　　斯云：「誰能夠築牆垣，圍得住杜鵑！」

冬話

　　　　　　　　　　歲暮聽《紅燈照》戲成

一

當年塞上女豪雄　　此日燈燃海外穹
朝露不容終日白　　運河何苦逆流紅
閒談人藝拈冬話　　足補天工折寸衷
與古為新憑茲拂　　從來見首號神龍

注：以演穆桂英著稱之楊秋齡飾大師姐。
　　大師姐跳了北運河，戲已臻止境；所謂神龍見首不見尾是也。歸來送死，實為
　　蛇足。
　　「人藝足補天工」，見莎翁「冬天的故事」，予以意譯之，曰「冬話」。

二

當時權壓若張弓　　今見旗高滿谷風
中外雜陳趣一室　　人天交錯感微躬
春泥樹木愁園小　　枯筆生花舞劍雄
談藝不須仍色變　　管他鼠虎併魚龍

注：曹植〈七啓〉：「猛虎嘯而谷風起」，謂俠士也。
　　李白《遠別離》：君失臣兮龍變魚，權歸臣兮鼠變虎。

己未（一九七九年）

聞森然洗冤有日此過望之喜賦三笑詩　並序

　　第二首「正是山花欲笑時」七字，梅邨成句，梅邨本太白「山花似淺笑」，蓋丹青畫不成者。飛卿詩不及詞，然詩中有畫，乃突過摩詰，雨晴之「萬物相鮮」，四字尤妙有哲理，予酷喜之。案，森然開美術史課時，以多授詩得罪，因茲開端即用飛卿語也。

己未驚蟄後一日　朱青榆於北京右臂山房

一

萬物相鮮芻狗夫　分明黑白怪楊朱
羸顛劉蹶高懸幟　神化桃源笑榷酤

二

萬物相鮮芻狗去　未聞楊倩怪緇衣
誤他一幟獨高樹　正是山花欲笑時

三

萬物相鮮治可圖　欲從楊倩笑楊朱
無非芻狗難神化　一別桃源峰壑殊

注：芻狗：「天地不仁，以萬物為芻狗；聖人不仁，以百姓為芻狗。」（《老子》）
　　楊朱：楊朱弟楊布，衣素衣而出，天雨解素衣，緇衣而返。其狗迎而吠，楊布
　　怒，將撲之！楊朱曰，無撲矣，嚮者使汝狗白而往，黑而來，豈能無怪哉？
　　（《列子》）
　　嬴顛劉蹶：「嬴顛劉蹶了不聞，地坼天分非所恤。」昌黎《桃源圖》。
　　懸幟：宋人酤酒，懸幟甚高。
　　神化：見張橫渠《正蒙》。

喜紋女生子

雨久花開白鳥飛　誤傳長夏作秋來
深更小院低徊罷　山月一丸是劫灰

注：紋女生子，命名曰昊。

賀杏巖老人王樾第三次畫展閉幕作

雪箇揮毫三耳臧　　青藤拍曲四聲猿

無忘出入芝蘭室　　兒輩何知屋是禪

注：森然畫展閉幕，送還畫幅四軸，並程良先生為紋女所刻圖章二方。其一閒文，
　　曰：「純屬意造術無法，青藤雪箇是我師」，誦之有感。

胡風以舊文紀念魯迅先生有感

感舊懷新曾樹木　　賦詩久不似遊山

百年辛苦嚐百味　　社鼠城狐一例看

注：九月廿四日晚看話劇《阿Q正傳》，廿七日報載胡風以舊文（一九五一年作）紀
　　念魯迅先生有感。
　　放翁讀書如遊山。
　　社鼠城狐，土地廟裡的老鼠，城牆上的狐狸。比喻仗勢作惡的人。原出《晏子春
　　秋》，此用《晉書》工（敦）謝（鯤）對話。

石木　十月三日　於北京雨久草堂

自題梅花草堂筆談三卷本選集

病裡勒書習鑿齒　癡時斷畫顧長康
窟前百草生香日　聞雁齋中三步方

注：選本成於庚戌秋冬之際，時末病尚能攀登鬼見愁。己未霜降後一日午夢睡起，偶
　　翻閱舊稿，口占。
　　按，三步以見方，禮樂北舞之將作必先三舉足以示舞之方見舞之漸也。

謝王老贈紅壽帶圖

一

蓮葉東西吟樂府　濠梁物我辨莊生
鳶飛魚躍無心問　桐乳人煙最慰情

二

多公用反紅翻黑　我唱山歌每用中
幾個音符輕歲月　可憐壽帶作飛鴻

注：貝多芬死前三年致友人書：「我覺得我才寫了幾個音符。」
編注：桐乳，桐子似乳形，故名。《太平御覽》引《莊子》：「空門來風，桐乳致
　　巢。司馬彪注曰：門戶空，風喜投之；桐子似乳，著葉而生，鳥喜巢之。」今
　　本《莊子》無此文。

題杏巖舊藏蒲留仙手稿殘頁　六首

一

幸草猶存畫掩門　不堪撫觸舊巢痕
虎頭癡絕畫飛去　空向巖阿著謝鯤

二

一卷閒書魚變龍　何曾真假亂幽衷
挑燈壁上看鱗甲　不點睛時是化工

注·保加利亞選譯聊齋志異文三十六，編為一卷題曰「龍」，今年五月在索菲亞發
　　行，出版界佳話也。

三

如何鄉里如何樹　雞犬相聞果不堪
終歲著書此一家　寂寥數筆見神完

注：顧長康「如何隨刀而改味」，此指其實，實似四味果，詳見《本草》。

四

與世無求留好語　蕊中證果覺春遲
開花結實誠依舊　天自忘情老未知

注：留仙「八十述懷」句云：「與世無求便是仙」。

五

豆棚瓜架雨絲繁　做鬼時多綠蔭門
春草明年秋更綠　公孫原不是王孫

六

大明湖上春難冶　大明寺裡花亂飛
聊齋任性塗狐鬼　一醉東籬居自移

注：《聊齋志異》中有黃英一篇，寫菊。留仙有擬移居詩句云：「春釀隨意酌，薄醉
　　人亦醇」，亦佳句也。

朱青榆　己未大雪於北京彌齋

戲題脂硯齋所藏薛素素脂硯　有序　四首

若干年來，多有考證曹雪芹故居及墓地者，其說不一，大抵只在西山一帶。
一九六五年紀念曹雪芹逝世二百周年，故宮博物院文華殿有展覽，盛舉也。
今年創辦《紅樓夢學刊》以及脂硯有下落。凡此，事無巨細，屢有所思，偶執筆草此。己未端陽後二日，魁父於北京彌齋。

一

碧雲庵是人間世　退谷猶存鬼見愁
玉帶生歌廢吟味　冷藏脂硯尚風流

二

碧雲寺裡歌山鬼　花信風吹廿四番
右臂不疑疑首尾　黃櫨村畫悼衣冠

三

二百年來樓寂寂　幾顆紅淚悼石言
一從火葬流行後　可喜無聞論蓋棺

四

哀哉喜散不喜聚　　可與人言今萬千
大夢雖殘觀日出　　偏憐一硯最值錢

注：徐善《冷然志》：碧雲寺後有魏忠賢墓，本於徑舊墓道，忠賢拓之，翁仲石麟羊
　　虎森列，扶欄皆白玉石為之，雕刻精巧。……忠賢戮屍之後，未曾葬此，聞係崇
　　禎甲申都城破後，其黨為之者。……王漁洋碧雲寺詩引王敬哉〈冬夜箋記〉：碧
　　雲庵，內璫於經拓之為寺，而立塚域於後，天啓三年忠賢重修亦立塚域於後。
　　登香山鬼見愁道中一巨石臥路旁，石上大書二字曰：「退谷」。按孫北海名承
　　澤，號退谷，清順治時人，著述甚富，清初人如王漁洋、周採園等皆稱道之。退
　　居西山，有《山居隨筆》。
　　朱竹垞有「玉帶生歌」。玉帶生，文天祥遺硯。
　　今人張伯駒以為，硯必為史湘雲所藏。見〈脂硯齋所藏薛素素脂硯〉文載
　　一九七九年第一期《北方論叢》。
　　蔣一葵《長安客話》：西山，神京右臂，太行山第八陘。潘自牧《紀纂淵海》：
　　西山，在順天府西三十里，為太行山之首。
　　嘗以為曹雪芹或係女權論者，高於李汝珍，自遠非《風月寶鑑》作者所望及。
　　脂硯，今由吉林省博物館以重值收之。

秋冬之際曉晴口占

新秋一葉聞微脫　　雀噪窗前心亦寧
樹倒而胡孫不散　　吳剛伐木尚叮叮

注：己未冬至前二日作。

庚申（一九八〇年）

庚申驚蟄看蔡子民先生照片作

「同盟」海上曾合影　春意盎然看夢頻
戰場不容歌弔古　「盾琴」抄罷自沉吟

注：照片其一與宋慶齡、魯迅、史沫特萊、蕭伯納合影，彌足珍貴。

凝重清和

凝重清和有所思　吹壎何似愛吹箎
閑吟不奏第三笛　惟爾生來花放時

注：庚申五一節紋女攜昊與雁同來，時昊大病初愈，喜賦二韻為祝。
編注：箎，音遲，古管樂器，以竹為之，長一尺四寸，圍二寸，七孔，橫吹。一作
　　　「笹」、「箎」。

聽廣播臺北桃園機場消息口占

落翮山頭歎永言　東風先為我開門
桃園果見天天笑　地闊天寬屋是禪

庚申端陽後二日口占　二首

枇杷江南夢　口福今來僅
酸風復酸雨　入畫尤難品

注：綺女持枇杷一袋歸，因憶兒時所見畫。

小昊吾所愛　遺汝益智粽
果有口福否　舌齒皆能用

注：遺紋女粽。昊，雁之弟。遺粽者，緣女也。
　　遺，讀音位，贈送意。

青榆老人病中作，於北京彌齋。
一九八〇年七月十八日偶書，時年六十有八。

題「湖山盟」率成三絕句　俳諧

一

相鮮相隱巢冰繭　煙水鐘靈「紫戀」詩
白玉樓高螢是玷　「湖山盟」好厭微辭

二

女菀花開終破我　西園草綠木犀香
白交響與黑幽默　篦鷺忙時舞步方

三

盟好非秦晉　埋珠果失愚
湖山當聚處　怪麗見春駒

附記：

(一)溫飛卿「寒食前有懷」：「萬物相鮮雨乍晴」，萬物相鮮四字，殆自不元虛〈海賦〉：「繁採揚華，萬色隱鮮」悟來。榆按，白石詞不如詩，飛卿反是，詩不如詞。然其詩中，往往有畫，且突過摩詰。飛卿詩才本不在玉谿、甚至昌谷下，但，一定要到「長短句」興，微加變化，始有成就。因思昔大哲倭鏗謂：夢中的一蠕動，不啻一個世紀，當非海樣言語。

冰蠶，見《拾遺記》。「員嶠山有冰蠶，長七寸，有鱗角。以雪霜覆之，然後作繭。長一尺，色五彩；織為文錦，入水不濡；以之投火，經宿不燎。」榆按，冰蠶似較園客之花繭尤可愛。「冰雪文章」向來為我們的理想，文學與道德一致，趙松雪詠梅：「不作繁華想，增予冰雪心。」花光仁老創墨梅，寺僧清貧，色即是空，遂成絕藝，醞釀相傳，至於今日。VOSSLER在《論但丁》一書中曾說：「科學與美術或需有富庶的經濟沃土。但想像豐富的作品是岩石上冰天裡霜電暴風中盛開的花朵。其受政治和戰爭影響處僅限於其滿足人民的想像和情感處。」或者陳義過高，然苦吟作家每有其苦心孤旨，亦是事實，且絕無僅有者。

(二)夏至後三日，重看《湖山盟》，才注意到連瑣的一句對話，也提及「還魂」，雖然不是《牡丹亭》式的還魂。以對話論，也不及楊子畏的樸實。又，用長吉詩，實與連瑣身份不稱。於長吉此句也是問題句。才鬼非鬼才，誠或不免白璧微玷之感。擬草《協律發凡》，再作短文，不成而止。故有句云：「白玉樓高螢是玷」。實際上，我的意向已經轉到《聊齋》方面去了。

蒲留仙不以詩名，然其詩有極可誦者，〈大明寺古銀樹歌〉末云：「霹靂聲中一爪摧，開花結實還依舊」，讀之令人神王！（原註：「去夏雷雨，劈去一枝。」又句云：「枝柯挐攫看猶龍，真龍聞之下與鬥」。）古之道：「帝利何有於我」，此樹有之。留仙人亦有之。《湖山盟》影片亦有之。——它使《聊齋》故事獲得了新生，這符合時代精神。今年五月中，傳聞保加利亞有《聊齋》故事譯文一卷，收入三十六篇，題曰《龍》，在索菲亞出版，亦佳話也。似乎留仙果有畫龍，猶待風雨如晦而點睛嗎？

(三)紫菀，一名還魂草，秋日開花，其白者曰女菀。又，王維〈田園樂〉（六言）：「萋萋春草秋綠」，本謝朓詩：「春草秋更綠」。更，更換也。夏秋之際，嘗草葉木葉，綠意轉黑，別有一番動人異彩；覺此句耐人尋味，在相鮮相隱之間。摩詰詩筆高雅，用典略無痕跡。又，李白〈長干行〉第一首：「八月蝴蝶黃，雙飛西園草」，黃一作來。明楊升庵以為，黃應金氣，深中物理。清王琦注詳引之，而謂：「以文義論，以來字為長。」榆按，美國現代已故詩人E‧龐德有此首譯詩，W‧B‧葉芝編《牛津詩選》錄之，亦作黃。鄙意王琦所見可取，作來字佳。皮日休《孟亭記》，說襄陽詩當巧而不巧是也。拙詩本之，以香易黃。「聞木犀香乎」？「吾無隱乎爾」。不當作木犀黃也。或以為岩桂有黃白二種，此指銀桂，卻非本義，因贅及之。附及：「紫戀」，法國高萊特（女）小說，戴望舒譯。

(四)《白衣少女》，一名《白色交響樂》，美國印象派畫家惠斯勒（WHISTLER）油畫。筆者少時讀英國西蒙斯論述馬拉美，知有惠斯勒，而去年始得覩其油畫（縮印），前後相去近四十年，於此可覘世運。按，連瑣雖為白衣幽女，而長身玉立，神情極似此幅肖像。適作《湖山盟》淺說，得此比擬，甚可喜。乃有舞蹈之情！故云「三步以見方」。《禮‧樂記》：舞之將作，必先三舉足，以示其舞之方，見舞之漸。又，箆鷺，異鳥，一名「漫畫」，終日奔走水濱，搜索食物，無一息少休。榆按，或者以為，說我們是「禮樂之邦」，當系時代錯誤。禮樂是大事，不說又不成。東方曼倩云：「談何容易」！頃看美國楊百翰大學「青年使者」歌舞，雖說是遊戲，又來自民間，而事實是這些年輕人歌舞起來，落落大方，不落俗套，又自然，又淳樸。用中國話報幕時，還自己笑自己呢！哲人云：「充實之謂美」，信然。今不避陳舊，有方韻之句。確實的，我是看了「青年使者」們的「方塊舞」，才聯想到這個「方」字的，故非「邁方步」。自然也並未作邯鄲學步，這裡確實是有意無意的一個故步。

(五)郭熙《畫記》云：「畫山水，數里間必有精神聚處，乃足記，散地不足

記。」轉引自虞集《道園學古錄》:「題灤陽胡氏雪溪卷」詩序。

(六)日本夏目漱石以為東洋畫之趣味是怪麗的,見豐子愷〈中國畫之特色〉,
一九二六年作,文載《東方雜誌》。又,春駒,即蝴蝶。

森然先生移居前夕為山妻作玉蘭口占

神形俱見真名世　　此是端居絕妙辭
不作犧牲非野物　　山妻獨對正移時

注‧尉繚子殘文:「野物不為犧牲,雜學不為通儒。」
數年前山東銀雀山新發掘有《尉繚子》,迄未見。所見殘文,讀之覺甚可喜,因
牢記不忘。入詩亦似具野趣。尉繚似為嬴秦謀士。
　　　　　　　　　　　　　　朱青榆　庚申立秋後二日於北京彌齋

且介翁祭日口占

賴爾光和熱　　文章愛蟹行
目瞑無虎口　　三歎欠餘生

　　　　　　　　　　　　石木老人　於北京彌齋

過冬

頓忘胸中書　漸掃文字軌

人老有丘壑　虎嘯應最美

石木　庚申立冬後一日風中於北京四見齋

感賦

禦寇發揮小宛詩　竹間風瞬爛柯時

南窗寄傲秋非我　塞上猶堪舞柘枝

注：晚號石木，蓋析柘字得之。庚申立冬後三日，北京彌齋。

編注：感念先祖柘園公，從文天祥逆元兵事。地在如皋，有水繪園，曾為董小宛居所。

題紋女所作竹雞圖

幽居亦有竹　無異沾清泚

雞而不鳴啼　芭蕉陰蟲豸

編注：泚，音此，清澈。蟲豸，豸音至，無足蟲。

題先君所作拜石圖

江南江北佳山水　舊夢為珠亦是塵
拜石何須題俯視　生香花鳥自相親

題先君畫作白蓮　二首

持荷作鏡得模糊　雨後窺園鳥未呼
雅淡不吟紅柳白　蘇州詩裡讀生蒲

何苦杞人憂　西風乍滿樓
偶然歌白雪　綠寂愧蘇州

庚申大雪後於北京禮寒山齋

懷老舍　五首

一

小羊圈是大觀園　神似但丁地獄篇
鴉雀無聲悲夜月　由來美好出艱難

二

葫蘆曲巷度童年　湫隘何妨抵海寬
栽柳無心舍予去　小羊圈也是桃源

三

正紅旗下螺舟在　沙白天青辨渭涇
彩筆燕城歌正氣　斷碑殘碣吊春星

四

玉帶生兮應不棄　斷殘錄亦見神完
光輝日月無多少　痛哭長眠是醉眠

注：玉帶生，文天祥硯名。
　　充實而有光輝謂之大，見《孟子》

五

碑碣焉能無處樹　每思石像仰神完
京城右臂長懷抱　彷彿襄陽屬浩然

注：哀舒舍予先生，曾建議塑建石像，遲久無人聞問。

辛酉（一九八一年）

輓詩　仿畢卡索立體畫意

圓艫方趾是耶非　萬物相鮮路未迷
三步方中分與合　一身兩首鳥頻啼

汗：悼沈雁冰先生。

辛酉清明稍前，茅盾逝世，其二三事，官方未邁方步，然小小復自圓其說，此奇也。後來果有說辭了，那就是以前有過兩次申請，末予理會云。

雨水後一日雪晴檢點故紙感舊

亂風吹樹傾盆狂　拂日聽歌道恨長
年少何須破故紙　夢窗說舞掃晴娘

注：補骨脂，一名破故紙，藥名。

祖母程善種花，誦詩：盧溝橋事件後，夏秋之際大雨中，應家人之請求，祖母倚枕朗誦〈長恨歌〉，歌聲與窗前樹間風雨聲相應和，乃大愉快！思之，至今為至高無上的詩的經驗。予少時嘗以治「香山」詩罹禍，旋棄去：五十年前事，蓋可慨也。感舊不可多有，今老病，漫記於此。辛酉上元後一日，於北京彌齋。

詩後小記：丙丁之際，寒齋所積資料悉數毀棄。近年來檢點故紙，僅得數種：一、《協律發凡》，二、《梅花草堂筆談選》，三、《待花草堂校訂韋蘇州集》，四、《誠齋評略》，因戲卯乎之曰「四味果」。所謂故紙，所謂感舊，指此。

立秋後二日口占兼為小昊二周歲作

寸寸光陰拋擲時　十年樹木小園詩

樹人百計人何在　天樹難於天問辭

朱青榆於北京彌齋　一九八一年八月九日

喜重逢

龍吟虎吼劍難摧　慧眼何堪識蕨薇

自奉女神非禁忌　豈求窦狗鳳煙飛

注：王昭女士伏中枉顧，蓋四十餘年未晤，不勝人天之感。作窦狗詩以志歲月。

朱青榆　一九八一年新秋於北京

壬戌（一九八二年）

留病庵詩　俳諧　戲效黃仲則

春光春雨慰詩囚　敢效龜堂不識愁
紅濕紅明琴趣也　留戻善病病應留

朱青榆　壬戌暮春三月中浣　於北京無春齋

注：「龜堂」亦放翁別號。
　　李咸明詩：「不獨春光能醉客，庭除長見好花開。」又：「春雨有五色，灑來花旋成。」昇《扱沙集》。
　　放翁〈春行〉詩自註云：杜子美「曉看紅濕處」；李太白詩「蜀江紅旦明」濕、明字可謂奪造化之功。又有句「留病三分嫌太健」，其善病似留戻。
　　予年七十，用放翁語作室名，鴻祥為刻小印，草此絕，兼略論畫理，以為談資。
　　傾讀吳冠中先生文〈畫中陰晴〉，喜之，因附識於此。
編注：鴻祥，即朱鴻祥，朱英誕之次婿。

自題《微雲微雨》（集外詩二卷）

淡雲微雨或極宜　花自能白我自知
避世無心真味在　等閒故性不須移

朱青榆　壬戌五月上浣於北京彌齋

敬題陳光賢妹紀念冊並勸慰賢甥女李櫻

人間兒女各為天　撒手西行未是難
遊喚香山碧雲寺　有泉一線聽涓涓

注：冊中缺雲子悼詞。
　　端午後二日，榕、櫻、穎森攜晨、昶來，有感，因口占。
編注：陳光，朱英誕夫人之妹，話劇演員；解放後為北京電影演員劇團演員。穎森，
　　即劉穎森，陳光之兒媳，李榕之妻；晨、昶為李晨、李昶，系李榕、劉穎森之
　　子、女。

讀知堂回想有感

一

紅雲嫁了黑雲憐　果有真詩真味鮮
此日淵明腰再折　荒塗無復柳三眠

二

文章蓋世窗前草　六一風神有足多
敢贊湘西人數語　小河休道是先河

三

文章蓋世窗前好　六一風神草不除
微雨小河一事也　不須絕物到甘荼

朱青榆　一九八二、六、廿三　時年七十，於北京彌齋

陳光賢妹輓詩

此生木葉方微脫　方死方生雨乍晴
欲視無光悲撫目　林音耳語是回聲

題陳光影集意有未盡復草廿八字

只有綠陰無晝寂　太羹玄酒才風清
雪萊容貌如雲變　渠是頃刻此一生

朱青榆　一九八二、六、廿八　於北京彌齋

右臂庵雜詩

人事自然兩怪奇　　聯珠不見九星移
布衣閒氣無多少　　重綠一窗翠幕低
風塵之絕非絕物　　物自難齊首自低
欲視無光悲撫目　　桃源不見路應迷

朱青榆　一九八二年六月廿九日於北京

注：《論衡》書虛篇：「顏淵與孔子俱上魯太山，孔子東南望吳昌門外有繫白馬，引
顏淵指以示之，曰：若見吳昌門乎？顏淵曰：見之。孔子曰：門外何有？曰：有
如繫練之狀。孔子撫其目而止之。因與俱下。」

重輓知堂老人　讀《知堂回想》後

文字、目前、應是一片瓦礫；無涯春夢；難堪竭情添百足、
試聽鶗旦之歌。

生命、過去、誠如九曲明珠；極端個人；妄念苦口說千心、
漫隨磨蟻而行。

朱青榆　一九八二、七、九　壬戌小暑後二日雨中　於北京彌齋

戲題《知堂回想》「不辯解說」　二首

一

幾曾風雨滿春城　且聽雞鳴息論爭
香草美人浪分雪　老夫臨水每傷情

二

遠聽猶聞鬼拍手　北京深巷雨經風
何如低調非高唱　上氣無妨裳自紅

注：頃聞《傷逝》獲今年電影最佳攝影金雞獎，口占二絕，再題《回憶錄》。
先祖詩云：「莫向人前浪分雪，世間真偽人誰知。」寓沉潛於高明。古之君子，
信不可及。
「老人臨水」：愛爾蘭夏芝詩，最可誦。今亦戲用之。風雨雞鳴，人貴自立，
諒哉！
四月十一日北京晚報載訪問記：「人們穿的紅衣服也透著土氣」云云。

壬戌大暑後一日　傑西老人於北京彌齋

孤雁

孤雁來天外　啣魚立古查
小住知甘苦　童心燦似花

注：壬戌夏，友人來小坐，重讀輓豈老二聯，並雜談《知堂回想》，口占一絕，錄於
　　書尾。

北戴河

碣石嘗懷古　海水即蒼穹
我詩似南雪　天馬妄行空

注：綺女偕張穎攜雁北戴河避暑歸來有感。

癸亥（一九八三年）

謝鴻祥持贈廣西蔬菜

嘗聞地有楊妃井　蔬菜傳來果味奇
不比紅塵博一笑　道聲辛苦更無辭

朱青榆　一九八二、三、三午後　於北京留病庵

注：楊妃井在梧州岑縣西，貴妃所嘗飲者。按楊妃容州普寧雲陵人，楊元琰為長史，攜之京師，後入壽王宮。

七十自慶　俳諧　有序

先祖〈見梅詩〉「只有傷心無告訴，詩腸欲斷酒腸寬」，一九八三年經冬歷春，予於病中，屢誦之。壬戌小滿後一日，予年七十，破戒飲酒，因憶少陵〈曲江〉詩「酒債尋常行處有，人生七十古來稀」，應邵白「八尺曰尋，倍尋曰常，故以對七十」；又，「人生百歲，七十為稀」，蓋古諺語。或以為古稀今不稀。不然。古今不同乎？上下有別乎？……豈夢，於北京不足於畫齋。

一

江南一夢百花開　七十從心果見梅
詩酒今朝不聞問　蕪城千種意沉埋

注：「由來千種意，併是桃花源。」庾子山詩。

二

遊子忘言說忘歸　故園一夢未曾回
同天節日春暉曲　自慶古稀今不稀

注：農曆四月初十，宋時為同天節。

三

亮馬河橋馬尾松　此生觀我我聽鴻
江南江北休相送　方吟一枝支晚風

注：東郊大亮馬橋，先塋所在地，祖墳頭馬尾松一株，瘦勁通神。

四

看夢看雲俱好奇　看朱成碧物雲齊
他楊或是他山石　無怪緇衣變素衣

注：《漢書》揚雄傳：「雄無他楊於蜀。」師古注曰：「蜀諸姓楊者皆非雄族，故曰
　　雄無他楊。」誠齋詩：「喚我作他楊。」
　　《列子》：楊朱之弟楊布，衣素而出，天雨解素衣，緇衣而返；其狗迎而吠，布
　　怒，將撲之。楊朱曰：「無撲矣。嚮者，使汝狗白而往，黑而來，豈能無怪哉。」
　　　　　　　　　　　　　　　　　　　　　青榆作於一九八三年四月初十生日

山桃祝壽　時予年七十

寒桃如斗其實七　紫氣一枝祝酒詞
沉李浮瓜今日事　詩成不問是非詩

注：吳昌碩六十寫桃枝自祝，題詞云：「瓊玉山桃大如斗，仙人摘之好釀酒。」其實
僅二枚。此幅纍纍，不勝負載矣。
又，「寒桃在御，隻雞以給。」語出《晉書》。鄧德明《南康詩》：「南康玉
山有石桃。」故老云：「古有寒桃，生於嶺巔，隱淪之士，將大取其實，因變
成石。」

黑白老人自述

春秋易惹他人笑　黑白不因我自尊
魚戲多時耽默默　喜吟荷暗看雲翻

注：壬癸間，予年七十，髮盡黑。臥病時，醫士病友視為談笑之資，遂蓄鬚，曰：
「給你們看看。」不久，頷下垂垂如羊鬚，頗白皙，端然老矣。因自號「黑白老
人」。賦俳諧詩識之。

癸亥夏日於北京逢白齋

謝鴻祥為治小印　一、劉越石語　二、留病庵

無春齋裡伴閑蹤　柳下不恭辨暮鐘
刀筆容揮休作吏　為人為己我經冬

注：孟子云：「伯夷隘，柳下惠不恭。」予曾題《且介亭雜文》，謂魯迅先生，兩者
　　皆有之。又，古者學在官府，至秦始，以吏為師。
　　孔子云：「古之學者為己，今之學者為人。」為己為人，其意深曲，待沉思也。
　　否則無心為學。

海外贈國渠先生

海外惠風翰　將詩作竹看
羨君兩萬里　重此四十年
自在塗鴉好　誰當擲果觀
非春傾白墮　語默尚相鮮

癸亥夏五月下浣草於北京逢白齋

編注：國渠，即潘受先生，又名國渠，字虛之，號虛舟。一九一一年出生於福建省南
　　安縣，十九歲渡南洋，旅居新加坡。著名書法家、學者、詩人。晚年與朱英誕
　　先生交誼甚厚，彼此鴻雁，詩歌、書法往還。

特健藥　並序

　　癸亥深秋，病中為鴻祥述秦太虛閱輞川圖而愈疾事。並應其請，為說輞川集諸詩。他日侵晨，枕上口占二十字詠「特健藥。即以題鴻祥所作輞川詩畫小品二十幅。

　　　詞心亦示疾　　已矣少遊悲
　　　不待言本草　　神農窟外奇

　　　　　　　　　　朱青榆　癸亥九月下浣病中作於北京獵智山房

琴趣詩

一

　　　太陽系並非宇宙　　十二生肖特怪奇
　　　牛馬憑呼況鳥獸　　琴心有趣豎橫宜

二

　　　永樂宮中佇女神　　猿啼不復泣為人
　　　呼牛呼馬憑呼喚　　鳥獸同群鼓豎琴

注：右題鴻祥為日本友人所治生肖印，十二方陰陽相間。

　　　　　　　　　　朱青榆　癸亥新秋　於北京獵智山房

獵智齋雜詩

石笈花信復經冬　　老似狂蜂亦合逢
人境或須廬四遠　　樓臺真待上三重
何當獵智和雙井　　本願忘言效嗣宗
微恙如塵吹卻易　　疾揮藝拂示從容

注：右重讀山谷和柯山詩病中作，即題鴻祥為予所治獵智山房小印。

癸亥霜降前一日　一九八三年十月廿五日
朱青榆於北京就庵

題枇杷　病中作

一

枇杷不是那琵琶　　冰雪為家靜弗譁
冬葉有情春不腐　　寒窗冬語愛冬花

二

畫幅如門此是家　　枇杷不是那琵琶
夢尋莫哂昭君氣　　綠化而今到漠沙

朱青榆　癸亥霜降後於北京獵智山房

題生肖印

紅豆玲瓏明又定　歎君海外破天荒
詩致青榆人已老　香生此土發瑤光

注：〈致青榆〉，法P‧瓦雷里詩。予覺「青榆」一詞頗似明清之際文人別號，五十
　　以後遂取以為自號。
　　《淮南子》：不言之辯，不道之通，謂之天府。取焉而不損，酌焉而不竭，莫知
　　其所出出。是為「瑤光」。
　　　　　　　　　　　　　　　　　　　朱青榆　癸亥十一月末日於北京獵智山房
編注：朱英誕生肖印詩發表於紐約《華僑日報》。

少年時代的朱英誕

　　詩人朱仁健（英誕的原名）在我生平記憶之中永遠佔有極特殊的地位。他有如一隻春蠶一生嘔心吐盡的絲已織成三千首以上別具風格的詩。這是值得慶倖的。在他生命最後幾周應妻女敦促所趕撰的自傳之中，對童、少年的追憶，既失之過簡，對年代記憶略有出入。作為他唯一的總角之交，我有義務，也有特權對他的童、少年作點彌補和校正的工作。

　　仁健於一九一三年（癸丑）四月初十（農曆）生於天津，長我整整四歲。我們兩家住得很近，又是附近僅有的「南方人」。他祖母程太夫人是我外祖母的親密麻將牌友，她每週來我家二、三次，很喜歡我家的晚飯。我究竟幾歲才開始和仁健玩已追憶不出了，只記得最初外祖母曾囑咐過我：「小牛哥（仁健屬牛，小名小牛）一定會跟你玩得很好的，不過他有時會發『牛性』，你不去頂他就沒事了。」說也奇怪，自始他從不對我發「牛性」。我恐怕至早要到七、八歲才勉強跟他玩得上，因為我倆之間體力、智力的差距實在太大，雖然我的身材遠較同齡男童高大。朱家所有的大人對我都極好，原因之一是有了我，仁健就不再跑出去和「野孩子」們玩了。回想起來，在我整個童、少年時代我和他的關係一直是不均衡的：總是他給的多，得的少；我得的多能給的少。妙在我倆從未有過得失的想法。

少年時代的朱英誕

405

由於先父四十七歲才有了我這個獨子，所以我正式入學校較晚。一九二五年我已八歲，不能再不入小學了。仁健力勸我進他的學校——「直指庵」小學。他說校規嚴、教師好、學生水準高，又在河北公署區，離家不算遠，來回更可彼此作伴。幾天之後先父對我一人嚴肅地說：「男孩子不可以有依賴性。」因此先父決定送我去天津私立第一小學，這學校最初也是嚴孫（南開中學最初的校董）辦的，校址在天津已毀舊城東門之北的經司胡同，我插班三年級。先父為我包了一部人力車，每天一接一送，中午另外送飯。先父的決定最足反映最初我對仁健的依賴的程度。

　　一年之後我跳到五年級。仁健由於頸部淋巴腺結核曾一再休學，因此我們同時進入六年級。一九二八年初盛傳天津市要舉行小學畢業會考，因此整個春季，級主任老師天天領導準備會考。國文方面，五年級已讀過的半部《孟子》和《古文觀止》幾篇裡較難的詞句都相當徹底地溫習了一遍。至今記憶猶新的是溫習問題之一：為什麼宋明兩代亡國之際死難之士特別的多。全班沉默幾秒鐘後，我舉手試答：由於朱熹和王陽明的影響。老師點頭，不再引申。這年春天仁健每次見我都說「直指庵」一定會第一，「私立第一」一定是第二名亞軍。我不服氣，一再地說到時候再看吧。記憶所及，這是我童、少年時代和仁健唯一的「爭辯」，是為了熱愛學校而爭，不是個人之間之爭。妙在這時直奉關係緊張，天津市臨時取消了會考，仁健和我夏間一同投考南開中學。由於我們同時報名，考場裡我坐在仁健的前頭。考試一切都相當順利，最後考的是算術。我還有一題會算而尚未算，時間也還相當充足。仁健忽然捅了我後腰一下，輕輕地問我某題怎樣做。我半回頭叫他小心不要出聲，不料恰恰被監考人看見，他抓了我的卷。這一下我就哭出來了。這位

監考人我事後才知道是齋務股主任，問我：「看你個頭很大，臉卻顯得年紀很小，你究竟幾歲了？」我說：「十二歲」（照老習慣陰曆多一歲）。他說：「既然這樣小，卷子就不作廢了，可是你得馬上出去，題目不能再做了。」在場外等候仁健的時候，我已恢復了鎮靜。他出場正要提起抓卷，我說不必再提了，對任何人也不要提；卷子如果不作廢，應該會考取。一周之後，結果是皆大歡喜，投考一千多人中，仁健考中第九名，我第十三名，同被分配到一年級尖子的第一組。

從入小學到初中這一段我對仁健的回憶比較清楚。這期間我們兩家像有點默契似的，在假期和學年中的週末，仁健祖母在我家打牌的日子，我十九必去朱家大玩大耍，特別是跟仁健學習京劇舞臺上的對打，包括「打出手」。最使我不解的是仁健唱、打、胡琴等等似乎件件無師自通。在初中時他自拉自唱，嗓音清亮之中略帶一兩分「沙啞」，那十分夠味的譚派腔調，至今音猶在耳。他從不強迫我學唱，只在不知不覺之中引我刀槍練到勉強能與他對打的程度為止。我家的廚子非常能幹，武清縣人，他無窮無盡的梨園掌故引起仁健極大的興趣。他曾提到富連成最初以金錢豹出名的是裴雲亭，裴的絕技是「懷中抱月」：赤膊把又響又亮的鋼叉抱在雙臂之中，不斷地做垂直圓周旋轉而不落地。繼裴長期叫座的武戲之一是何連濤（飾豹），駱連翔（飾猴）的金錢豹。特點之一：猴先上場，豹緊隨之，猴跑向對角矮桌，豹把鋼叉在臺上猛跺兩下，聲驚四座之際，立即將叉向桌子投擲，猴高高跳起，空中雙手接叉的同時，以背平摔在桌面之上，全部動作十分緊湊。沒幾天仁健一定要練，主動扮難度大的孫悟空。當他從正房中間的廳跑向右室右上角祖母的床，接槍在手（代替叉），同時摔在床上「啪嚓」作響之

時，正值管家張媽來上房取東西。她不禁大叫一聲：「牛少爺，瞧你這個壞呀，誠……壞啦！」（純滄州音）三人馬上檢查床的底屜居然沒斷。沒有少年時代自練的基本功，仁健怎能在四〇年代末與開灤煤礦工會職工合演蘆花蕩，扮演張飛，唱、做、武打博得觀眾的熱烈歡迎呢？

仁健童、少年時代雖患淋巴腺結核但身體非常靈敏，各種運動都很出色。南開中學體育水準極高。威震遠東的南開五虎將是中學的籃球隊員，五人全是一九三二年畢業的：唐寶堃、魏蓬雲（兩前鋒）、劉建常（中鋒）、王錫良、李國琛（兩後衛），這已是很少人知道的體育史話了，因此順便一提。田徑方面按年齡、身高、體重分甲乙丙組，仁健和我都是丙組。甲組各項的成績很接近全國紀錄，事實上高班同學中有幾位是全國紀錄的創造者。即使丙組紀錄也相當可觀。仁健的短跑在丙組中平時是遙遙領先的，可惜決賽時因不習慣穿釘鞋，未及終場絆倒在地，並震破頸部淋巴創口，鮮血淋漓。體育老師湖南人文大鬍子竟以碘酒塗傷口，燒得仁健叫痛不止。文反而責他：「誰讓你跌跤的呢？」仁健不但因此休學，而且自此「棄武就文」了。他和我同校同班還不滿一年，這是一九二九年春天的事。他休學在家自修大約兩年，一九三一年夏以高分考進天津匯文高中一年級，翌年（一九三二）朱家就搬到北平去了。

文學方面，仁健自幼即才華不凡。他為人內向，極其含蓄，從不誇耀，他在直指庵小學，文言和白話的作文經常被選，貼校牆上陳列示範。我家老少都知道朱家累世仕宦，祖籍婺源，寄籍如皋，確是朱熹的後代，可是無人知道仁健父親紹谷先生早歲詩才洋溢，有神童之譽。仁健經常到我家陪聽古史，但從未曾邀我去聽他們父子解誦詩詞。這或許是由於先父曾當仁健面談到我的長期課業計

畫：當親老家衰不久即將成為事實的情勢下，我只有竭盡全力準備兩個考試，先求考進清華，再進而爭取庚款留美。這正說明何以仁健對「先天註定」投身於新科舉的我，從不卑視為庸俗功利；相反地，他是唯一能洞悉，即使童、少年的我一時會玩得昏天昏地連數學習題都不肯做，我的心靈深處仍然永存著一種陰霾。

從南開一年級下學期尚未結束即「分手」後，仁健和我過從不如以前親密了。但這反而增強了我倆之間終身不渝的友情。他知道我非走他不屑一走的途徑不可，我知道他必然會逐步走向文學創造的道路。儘管我在三〇年代一再坦白地向他招供我根本不懂新詩，他也從不以為怪。因為一方面他懂得詩的教育是我課業超常繁重的童、少年時代所無法享受的「奢侈品」；一方面相信我從不懷疑他對純文學和詩的天賦與潛力。一九三九年八月下旬，我赴昆明就任母校清華歷史系助教前夕與他話別之時，他肯定明瞭我必會把他此後積累的新詩創作認為是我的驕傲；我也堅信我此後在學術上如真能有點成就，也將是他生平引以為快的事。不期這次竟是他和我最後一次的話別！

最後我要向讀者一提的是仁健自幼即非常含蓄。這或與他七歲即喪失母愛不無關係。詩的語言本來就是最濃縮的語言，再加上仁健含蓄的性格，這就可以部分地說明何以有些讀者對他的若干首詩不免有「晦澀」之感了。但我深信，總的來說，仁健的詩是符合詩的普遍和永恆的要求的：「真」與「美」。只有「真」與「美」的東西才會傳世。

一九九三年四月五日撰就
四月七日寄出
於美國南加州鄂宛市黽岩村寓所

朱熹後裔如皋支派考略

朱綺

一

我的父親朱英誕是一位詩人，他成長的年代，正是「五・四」新文化運動精神高揚的時代，文學前輩與師長對他的影響很大，使他走上了新詩的創作與研究的不悔之路。早年作品見於三、四〇年代的多種報刊，一九三五年出版《無題之秋》，次年完成《小園集》。抗戰期間在北大文學院任教，主講新詩，撰寫《現代詩講稿》，並編輯《中國現代詩二十年集》。一九三七年後陸續完成《深巷集》、《夜窗集》、《古城的風》、《採綠集》、《珠塵集》等二十幾個詩集。晚年著有《苦吟詩人李賀》、《楊誠齋評傳》等。其詩以現實主義與意象相結合的筆法，描繪出熱愛祖國、熱愛自然、富於田園風光、想像曲折、飽含哲理而意境深遠的絢麗多彩的畫卷，是中國現代詩歌史上著名的「現代派」詩人。

在他晚年的舊體詩作中，多次寫到「如皋」。例如：

懷如皋柘樹園

柘園如夢復如曇，水繪人知不待探；
文史興衰今仍昔，送君江北向江南。

述祖德詩

指南慷慨逆元兵，夜下從之海上行。
流落田間桑變綠，徘徊園裡血成吟。
親耕織罷求諸野，失禮樂時同待淪。
不悔日長經不帶，柘枝陰淡一枝新。

原詩有注：

> 吾家先祖文公七世孫，從文信國逆元兵，夜經泰州，流落如皋，夫妻親
> 耕織，鄉閭稱長者，是為柘園公。
> 唐戴叔倫詩：「日長農有晦，悔不帶經來。」少時喜誦之。

題我母殘詩

大寒快雪召春回，文藻空存漢上悲。
愧我但知梅格在，江南江北夢中歸。

原詩注曰：

> 母所居處曰「梅花深處碧雲樓」，予生長塞上，南歸無望，亦復無處可
> 歸矣。
> 詩中「梅格」指母殘詩，「江北」即指如皋。

　　關於家世，父親在世時很少講到，只是在他生命最後時刻趕撰
的簡略自傳中，有斷斷續續的記載，今集錄如下：

> 　　我每喜語人：家在江南，亦在江北。
> 　　我個人卻生長在津沽與北京。

從未到過江南，更不用說江北的如皋了。

先說家在江南。

我是說「我家在江南」，武昌城內我的家園。園中有一棵大皂角樹，有藏書樓，富有藏書。這一切大都是我曾祖父所置。他在江西遊宦甚久。我的祖父心谷公逝世過早，春秋不足五十；我的祖母程（諱琢如）有江西口音，可以為證。曾祖父在江西作過知府、道台。

清末，祖父則在縣內任同知，後來聽說教過算術，那大約是維新時的事吧。

再來說家在江北。

這就是如皋。我們的家譜是從那（如皋）刻印成書的，經大家都清楚（？）知道的浩劫，已被毀掉，找不回來了。

先祖紫陽公，應該要數安徽和福建，何以會我家又是如皋人呢？

按譜錄云，一世祖柘園公，為紫陽公之七世孫，從文信國逆元兵，夜經泰州，失散後流為農者，夫妻親耕織。當地有朱家堡，大概是發跡，為人稱善，朱氏祠堂在焉。家有柘樹園，因稱為柘園公。

從父親所引述之「譜錄」，可知我家的先祖是朱熹，我們這一支派的祖籍是如皋（即父親少年時代好友、旅美著名歷史學家何炳棣所說：祖籍婺源，寄籍如皋）。父親雖然出生在天津，生活於北京，卻始終對祖籍如皋懷有無限深摯眷戀之情。

按家譜錄云「文信國逆元兵，夜經泰州」，那麼對於這一段史實，歷史又是如何記載的呢？據宋史載：

> 宋恭帝趙㬎德佑元年，正月黃蘄以下沿江諸州多望風納款於元。二月宋賈似道督師於池州，使人請和於元被拒，尋大潰，奔揚州，遂罷職。元兵徇江西，文天祥率師北上抗元。十二月宋遣使於元軍前請和被拒；繼復使人以稱姪、稱姪孫納幣請和，復被拒。

> 德佑二年，宋以益王昰判福州，廣王昺判泉州，以圖復興。元前鋒至臨安，宋帝奉表請降，遣右丞相文天祥等旨元軍，天祥被留，尋脫歸。

如皋縣誌則詳細地記述了「右丞相文天祥等旨元軍，天祥被留，尋脫歸」的整個過程。據天一閣藏明嘉靖刻本如皋縣誌二十卷載：

> 文天祥咸淳中知潁州，德佑初，江上報急，……天祥提兵至臨安，……除右丞相。如軍中請和，與元伯顏抗論高亭山。伯顏怒拘之。北至鎮江，與客杜滸等十二人，夜亡入真州，知州苗再成出迎，喜且泣。再成議約兩淮兵以圖興復，天祥大稱善，即為書，遺二制閫遣使，四出約結。初，天祥未至時，揚有亡歸兵言元人密遣一丞相入真州，說降李庭芝，信之，使再成急殺之。再成不忍，紿天祥出相城壘，以

制司文示之，閉之門外。久之，複遣二路分與天祥語，見其忠義，亦不忍殺之。以兵二十人導之揚，聞庭芝備禦甚急，乃變姓名，東入海道。遇兵伏環堵中，得免。饑莫能興，從樵者得餘糝羹。俄，兵又至，眾走伏叢中，兵入索之，執杜滸等去。天祥偶不見獲滸等，以金賂免募二樵者，以簀荷至高郵稽家莊，稽聳迎至其家，遣子德潤偕館客林願學送至泰州。經如皋捍海堤范公里，有張阿松，知其人非凡，留五宿，聞元兵復追，阿松遣子二人以葦帽戴之，衛送出境。所歷艱阻，悉形諸詩。同行張少保使徐新班錄之，揭於宋家嶺東嶽廟楣間而去。遂由通州泛海如溫州，拜左丞相，提兵起南康……

並全文輯錄了文天祥的「所歷險阻，悉形諸詩」：

過如皋

（共七首）　文天祥

雄狐假虎之林皋，河水腥風接海濤。
行客不知身世險，一窗春夢送輕舠。

瑕子灣

飄蓬一夜落天涯，潮濺青沙日未斜。
好事官人無勾當，呼童上岸買青瑕。

行馬塘

孤舟漸漸脫長淮，星斗當空月照懷。
今夜分明棲海角，未應便道是天涯。

大貼港

王陽真畏道，季路漸知津。
山鳥喚醒客，海風吹黑人。
乾坤萬里夢，煙雨一年春。
起看扶桑曉，紅黃六六鱗。

北海口

滄海人間別一天，只容漁父釣蒼煙。
而今蜃起樓臺處，亦有北來蕃漢船。

宋家林

一團蕩漾水晶盤，四畔青天作護欄。
著我扁舟了無礙，分明便作混淪看。

水天一色玉空明，便似乘槎上大清。
我愛東坡南海句，茲游奇絕冠平生。

三

以上可以看出，我家譜錄語言雖簡省，但與歷史是完全符合的，這就證明了家譜所記不謬。以朱熹之後裔，此家族譜錄之大事，想必十分鄭重，無可妄言。

如皋支派的先祖朱熹七世孫從文信國逆元兵，夜經泰州，失散後於如皋流為農者，是南宋德佑二年（西元一二七六年）之事，距今已有七百多年的歷史。七百年間，祖先在如皋耕織繁衍，生生不息，又有多少人事變遷，令人遙想。只可惜家譜已不復存在，無從稽考。即使家譜在，固然有所依循，但多少鮮活的人生卻永遠是不可知的。

我懷著深深的遺憾、悠遠的遙想與無名的冀盼，於世紀之初的早春三月踏上了祖籍如皋的土地，為的是了卻父親的遺願，緬懷先祖，親近故鄉的山山水水。年代久遠，無多考據，原本僅是一次悠長的追憶與遙遠的拜謁，不想竟意外地尋訪到了先祖的故里。

如皋城東關的朱氏祠堂遺址，是所知唯一確定的具體尋訪地。原位於如皋城東關通城巷內的朱氏祠堂，解放後拆除，遺址上已建民居。民居西南牆角處現仍臥一通石碑，面上碑文基本清晰。另據東房現居主人李某回憶，位於他家北端的廚房地下，蓋房時還埋了一塊石碑，因碑整體在地下，無可考。據附近居民回憶，祠堂前原有牌坊二座，氣勢宏大，與碑文「……東西牌樓貳座以肅觀瞻」相符。現民居院中仍有門石鼓等遺物。可以想像當年朱氏祠堂具有一定規模，推知朱氏在如皋曾經繁盛一時。

據縣誌載，如皋城西芹湖，是朱姓聚居之地，當地亦有朱家祠堂。於是芹湖成為我的第二尋訪地。出如皋城向西，經搬經鄉，

即是芹湖。據介紹,這裡朱姓聚居的村莊很多,我決定先探訪朱家祠堂。過芹湖橋,是芹湖村,經尋問當地村民,得知村口靠近路邊處,即是朱家祠堂遺址,本是多年的老房子,解放後拆了。村民說,這一帶大多數姓朱。恰好在村口遇到這裡的婦女主任,也姓朱,她聽說了我的來意,很親切地稱呼我「姐姐」,並且熱情地帶領我進村察訪。雖然附近以朱姓命名的村莊很多,但經多方打聽,始終沒有家譜所述之「朱家堡」,此時我沒抱任何希望地問了一句:「你知道當地有沒有叫朱家堡的村子?」沒想到這位婦女主任立刻明確地回答道:「芹湖村就叫朱家堡!」這真是意料之外的重大突破。再問村裡朱姓可多?回答是百分之九十八都姓朱!當她回答這兩個問題的時候,沒有絲毫的遲疑與思考。

小溪河(一條不算小的河流)流經朱家堡,我們過河進村,察問村民中有否保存有朱氏家譜的。一中年男子說,他家原有家譜,世世代代用繩子懸在房檁上,文革中被毀;但村中有一位九十五歲的老人,有文化,能講家譜。他帶我們尋到老人的家裡。老人名叫朱文清,世居芹湖,雖已九十五歲高齡,身軀依然健碩,面色紅潤,正在屋中當門處曬太陽,只是視力、聽力不濟了,同去的人在黑板上寫上很大的字「朱夫子後人來,講一講」,老人看到,便講了起來:

> 朱家祖祖輩輩住在芹湖。我記得朱家祖上分兩支:一支是朱元璋的後人,所謂皇族。這一支的堂名對是「渡江世澤,振國家聲」。世傳「一朱蹬三湖」,指如皋的芹湖,如皋南鄉的范湖,海安縣的仇湖。另一支是朱夫子的後裔,堂名對為「紫陽世澤」,祠堂名叫「紫陽堂」,是朱門望族。

祖上曾有家譜，文革中被查抄燒毀了。

　　過去朱家在芹湖很有影響，朱家祠堂在河北，又有朱家老屋，一排房子，是當地唯一的瓦房子，四周有河，圍植柘樹，其中一棵十分粗大。當地人一說河北瓦房，就知道是朱家。朱家祠堂，解放初拆了。現在芹湖多數人家姓朱，都是朱洪武、朱夫子的後裔。

　　朱文清老人思維清楚，遠記憶很強，說他自己是朱洪武的後代。

　　綜合父親所記家譜及朱文清老人所言，朱家堡似應先有朱夫子後裔居此，後有朱洪武後人來此居住，以後二支共同在此地繁衍。關於父親在詩中多次提到的柘樹，據當地人介紹，樹為桑屬，葉可飼蠶，此地現在仍有種植。

　　如此，家譜中可以依據的三點：朱家堡、朱氏祠堂、柘樹園，基本均已得到較為可靠的考證，可以確定：今如皋城西的搬經鎮芹湖村一名朱家堡，即是朱熹後裔如皋支派當年流為農者之故里。

　　其實，當朱姓婦女主任朗聲回答「芹湖村就叫朱家堡」時，話一出口，我已經預感到家族七百多年的懸念終有定評。

　　跨越七百多年的歷史，今日的朱家堡河塘交錯，草木豐茂，房舍整潔，環境幽美，民風淳樸，殷殷傳遞著歷史的悠遠與滄桑。

　　據縣誌記載，這裡「民多樸野，不事商賈，其性馴柔，其俗質實，民畏法而恥罪，士讀書而循理。民惟力耕稼以資生冠，婚喪祭司尚俗禮多儉約之風。」

　　今天芹湖村的農民大多仍以農業為生，但是今非昔比，村東南就是萬頃國家級防滲灌溉模範田，一望無際，一派社會主義大農業、新農村的欣欣向榮的景象。

七百多年以後的今天，我站在祖先曾經生活耕種過的土地上，如臨夢境，萬千感慨，思古之情油然而生，亦足以慰籍父親生前對故土的無限眷戀之赤誠矣。

四

　　雖然依據家譜已確知朱熹後裔如皋支派的起始，並且已從歷史與實地兩方面作了進一步的考察核實，但是畢竟族譜失毀，年代久遠，朱熹七世孫、如皋支派一世祖之後的情形，仍然杳然無所知。現只能從我輩上溯幾代，略述其概況。

　　據父親自傳云：

　　　　我家祖籍如皋，寄籍宛平。出北京朝陽門約十里，有個地方叫大亮馬橋，先人祖墳在焉。遠望可見墳上生長著一棵馬尾松。我只去過那裡兩次，一次是祖母安葬時，一次是獨去掃墓。

　　　　這祖墳前，左右分兩列，已有安葬好幾代人了。祖墳據說是一位老太太，她帶著孩子上京趕考，逝於京城。那孩子想必就定居於京城了。

　　在我的記憶中，解放後祖墳還在，後來由於城市發展建設，已遷移填平。

　　由此可以推知，如皋先祖在當地繁衍，逐漸有向外發展者，至若干代，有遷移宛平（今北京）的一支。這一支中，後來又有至江西遊宦者，那就是我的高祖爺爺了。至曾祖父晚年一九一二年，全家北返天津，一九三二年遷移北京。

我的高祖，在江西遊宦甚久，官至道台。

曾祖父朱廣祿（一八六三～一九一三），字心谷，清光緒年間在湖北任同知，後曾充任仕學院算術教習，晚年病逝於天津。曾祖母程琢如，系出洛裔，性靜能詩，一九三八年在北京病故。膝下有一子朱紹谷，二女朱筱谷、朱柚谷。

祖父朱紹谷（一八九三～一九七四），別號延蓀，幼年隨父旅居湖北武昌，始讀私塾，即出口成誦，作詩有「神童」之稱，後考入三江兩浙旅鄂中學堂，畢業後先後供職於天津稅務局及中國實業銀行。一九三二年舉家遷至北京。解放後參加北京中國畫研究院，專業繪畫，花鳥山水，俱能臻妙。歷任北京市西城區第一、二、三、四屆政協委員。一九七四年於北京逝世。祖母莊存英（？～一九二二），有「消受一縈紅豆軟」的遺句，一九〇八年結婚，一九二二年在天津病故，年僅二十幾歲。膝下有三子一女，除二子仁健（朱英誕）外，均夭亡。

父親朱仁健（一九一三～一九八三），字豈夢，號英誕，詩人。生於天津，少時就讀於天津南開、匯文中學，後入北京民國大學，一九四〇年於北京大學任教，主講新詩，並任文學研究所研究員。長期從事新詩的創作與研究，有多種作品問世。一九八三年十二月二十七日因病於北京逝世。母親陳萃芬（一九一八～　），祖籍南京，畢業於北京大學，解放後任中學教員、校長。膝下有二子三女，子純、緗，女紋、綺、緣。孫輩王雁、王昊、朱鵬、朱耘、侯麟、朱敏。

二〇〇〇年三月二十八日

於北京方莊綠蔭齋

後記

一九九九年暮春，母親將父親的舊詩遺稿交給我，說，她已竭盡全力，選編了兩冊，但是畢竟八十多歲了，精力、目力都大不如前，囑我將其餘部分選編完成，並作總的編訂。

父親一生致力於新詩的研究與創作，晚年亦寫舊詩。遺稿共有十一冊，總計一千多首。前十冊，是父親親自編訂的，計《風滿樓詩‧甲稿》、《風滿樓詩‧乙稿》、《風滿樓詩‧丙稿》、《風滿樓詩‧戊申》、《風滿樓詩‧己酉》、《風滿樓詩‧己酉冬作》、《病後雜詠》、《無正味齋近體詩抄》、《病起庵詩》、《梅花老屋詩》；最後一冊，是父親一九七二年至一九八三年最後十年的散詩，由母親輯為一冊，曰《舊體詩稿》。這些詩是父親人生後二十五年創作的重要組成部分。

我的工作是分兩個階段進行的。第一階段，繼續母親的工作，選編並抄寫後五冊，大約用了兩年的時間完成。其間，陸續讀了全部詩稿，覺得很多詩不選未免可惜，於是徵得母親的同意，開始第二階段的工作，即儘量多選，並錄入電腦。

第二階段主要是退休之後做的，進程仍然十分緩慢。父親的遺墨，全部為毛筆行書小楷豎寫，且多有修改，很難辨識。他的學識是那麼淵博，內容涉及古今中外。他的詩思是那麼激揚飛躍，天上人間，無跡可尋。我艱難地探尋著父親的思想與文字，開始時一天也搞不清楚幾首詩；實在弄不明白的，就記下來，再集中向母親

請教。父親的詩，很多都有注，其中既有他個人的思想、研究、生活、創作經歷，也有與當代詩人、文人的交往，以及對中外諸作家作品的研究與思考，不僅可以幫助理解，且極具文學與史料價值，有的小序、注、跋等，本身就是篇篇美文。這些對於理解父親的詩與人生有很大的幫助。我也正是從這裡，逐漸走進了父親的詩的世界。在選編過程中，凡遇到應再作說明或解釋的，我都在詩作後以「編注」加以區別。

這個漫長而艱辛的過程，在我是十分珍惜的。我在閱讀父親的同時，逐漸走近了父親，他的博大仁愛的胸懷，他深邃的思想、淵博的學識，他超凡脫俗、智慧神妙的詩人的思維與創作，他豐富真摯的情感世界，他隱忍堅持無怨無悔的人格魅力，……，無不滲透在每一首詩的字裡行間，也深深地打動著我的心。尤其是在文革中，諸多師友遭遇不公正的待遇，我們姐弟妹又先後上山下鄉，他只能默默地用舊詩抒發情懷，任何一位師友、親人的哪怕一點點消息，都反映在他的詩作中。這是一位赤子的情懷，一位詩人父親的至誠至愛。多少個深夜，面對父親的遺墨，彷彿感覺到他生命的精彩律動，令我熱淚盈眶，不能自己。

今天，當我們終於可以把《風滿樓詩》呈現給父親和世人時，正值父親朱英誕百年誕辰紀念，令人倍感欣慰。我們在感歎詩集沉甸甸的分量的同時，要特別感謝陳均先生及臺灣秀威總編蔡登山先生，他們在當今舊體詩市場幾乎一無可言的情況下，仍力薦朱英誕先生的作品，使得《風滿樓詩》可以順利出版。

願父親的真情與詩永留人間。

《風滿樓詩》二〇一〇年小暑初稿
二〇一二年立春補訂
朱綺　北京昌平平西府蛙溪

新銳文學14　PG0810

新銳文創
INDEPENDENT & UNIQUE

風滿樓詩
——朱英誕舊體詩集

作　　者	朱英誕
編　　者	朱　綺
主　　編	蔡登山
責任編輯	陳佳怡
圖文排版	郭雅雯
封面設計	陳佩蓉

出版策劃	新銳文創
發 行 人	宋政坤
法律顧問	毛國樑　律師
製作發行	秀威資訊科技股份有限公司
	114 台北市內湖區瑞光路76巷65號1樓
	電話：+886-2-2796-3638　傳真：+886-2-2796-1377
	服務信箱：service@showwe.com.tw
	http://www.showwe.com.tw
郵政劃撥	19563868　戶名：秀威資訊科技股份有限公司
展售門市	國家書店【松江門市】
	104 台北市中山區松江路209號1樓
	電話：+886-2-2518-0207　傳真：+886-2-2518-0778
網路訂購	秀威網路書店：http://www.bodbooks.com.tw
	國家網路書店：http://www.govbooks.com.tw

出版日期	2012年9月　一版
定　　價	420元

國家圖書館出版品預行編目

風滿樓詩：朱英誕舊體詩集 / 朱英誕著. -- 一版. -- 臺北市：
新銳文創, 2012.09
　　面；　公分.
　　ISBN　978-986-5915-05-6（平裝）

851.486　　　　　　　　　　　　　　　101015290

讀者回函卡

感謝您購買本書，為提升服務品質，請填妥以下資料，將讀者回函卡直接寄
回或傳真本公司，收到您的寶貴意見後，我們會收藏記錄及檢討，謝謝！
如您需要了解本公司最新出版書目、購書優惠或企劃活動，歡迎您上網查詢
或下載相關資料：http:// www.showwe.com.tw

您購買的書名：＿＿＿＿＿＿＿＿＿＿＿＿＿＿＿＿＿＿＿＿＿＿＿＿

出生日期：＿＿＿＿年＿＿＿＿月＿＿＿＿日

學歷：□高中 (含) 以下　　□大專　　□研究所 (含) 以上

職業：□製造業　□金融業　□資訊業　□軍警　□傳播業　□自由業
　　　□服務業　□公務員　□教職　□學生　□家管　□其它＿＿＿

購書地點：□網路書店　□實體書店　□書展　□郵購　□贈閱　□其他

您從何得知本書的消息？
　□網路書店　□實體書店　□網路搜尋　□電子報　□書訊　□雜誌
　□傳播媒體　□親友推薦　□網站推薦　□部落格　□其他＿＿＿＿＿

您對本書的評價：（請填代號　1.非常滿意　2.滿意　3.尚可　4.再改進）
　封面設計＿＿　版面編排＿＿　內容＿＿　文／譯筆＿＿　價格＿＿

讀完書後您覺得：
　□很有收穫　□有收穫　□收穫不多　□沒收穫

對我們的建議：＿＿＿＿＿＿＿＿＿＿＿＿＿＿＿＿＿＿＿＿＿＿＿＿

＿＿＿＿＿＿＿＿＿＿＿＿＿＿＿＿＿＿＿＿＿＿＿＿＿＿＿＿＿＿＿

＿＿＿＿＿＿＿＿＿＿＿＿＿＿＿＿＿＿＿＿＿＿＿＿＿＿＿＿＿＿＿

＿＿＿＿＿＿＿＿＿＿＿＿＿＿＿＿＿＿＿＿＿＿＿＿＿＿＿＿＿＿＿

11466
台北市內湖區瑞光路 76 巷 65 號 1 樓

秀威資訊科技股份有限公司　　　　收
　　　　　BOD 數位出版事業部

....

（請沿線對折寄回，謝謝！）

姓　　名：＿＿＿＿＿＿＿＿＿　年齡：＿＿＿＿　性別：□女　□男

郵遞區號：□□□□□

地　　址：＿＿＿＿＿＿＿＿＿＿＿＿＿＿＿＿＿＿＿＿＿＿＿

聯絡電話：(日) ＿＿＿＿＿＿＿＿＿＿　(夜) ＿＿＿＿＿＿＿＿＿＿

E-mail：＿＿＿＿＿＿＿＿＿＿＿＿＿＿＿＿＿＿＿＿＿＿